KIM LAWRENCE

L'épouse de papier

Traduction française de
CÉLIA VAL

AZUR

HARLEQUIN

Collection : Azur

Titre original :
THE ITALIAN'S BRIDE ON PAPER

HARPERCOLLINS FRANCE
83-85, boulevard Vincent-Auriol, 75646 PARIS CEDEX 13
Service Lectrices — Tél. : 01 45 82 47 47 - www.harlequin.fr
ISBN 978-2-2804-7371-2 — ISSN 0993-4448

Composé et édité par HarperCollins France.
Imprimé en mai 2022 par CPI Black Print (Barcelone)
en utilisant 100% d'électricité renouvelable.
Dépôt légal : juin 2022.

FSC
www.fsc.org
MIXTE
Papier issu de
sources responsables
FSC® C159065

Pour limiter l'empreinte environnementale de ses livres, HarperCollins France s'engage à n'utiliser que du papier fabriqué à partir de bois provenant de forêts gérées durablement et de manière responsable.

Prologue

Dix-huit mois plus tôt, à Zurich

Maya et Beatrice étaient parties de bonne heure. Malheureusement, les deux sœurs n'étaient pas les seules à avoir eu cette idée : le minibus assurant le transfert vers l'aéroport de Zurich était plein à craquer. Une sévère tempête avait bloqué les touristes dans la petite station suisse et, depuis quatre jours, les skieurs étaient privés de pistes.

La tempête terminée, tout le monde s'était entassé dans le minibus en direction de l'aéroport mais en vain ; le véhicule avait été stoppé en cours de route et dévié vers un hôtel proche. Les textos de la compagnie aérienne n'étaient ni utiles ni encourageants. Les informations, elles, mentionnaient de vagues problèmes de sécurité, sans fournir de détails.

Des rumeurs circulaient sur Internet ainsi que dans le bar de l'hôtel où les deux sœurs patientaient. Les passagers, tendus, d'humeur maussade, s'agaçaient du manque de nouvelles.

— Une info serait la bienvenue avant Noël ! remarqua Beatrice sans aucune trace de son humour habituel, le front barré d'une ride.

Elle s'installa sur un tabouret, croisant ses longues jambes avec une élégance naturelle. Puis son regard revint à l'écran de son portable, comme si elle pouvait par sa seule volonté déclencher la mise à jour des informations de la compagnie aérienne.

— Je ferais mieux d'aller voir si…, commença Maya.

— Très bien, coupa sèchement Bea sans lever les yeux.

Maya soupira. Aucun signe entre elles d'un dégel à court terme… Elle s'était disputée avec sa sœur pendant leur séjour et, bien qu'elles se soient réconciliées, l'atmosphère restait encore tendue. Maya ne parvenait pas à oublier certaines choses que Bea lui avait dites, et se les repassait en boucle.

« Vraiment, Maya ! Des conseils sur le couple, venant de toi ? lui avait jeté Bea d'un ton accusateur. Dès qu'un type à peu près correct s'approche de toi, tu t'empresses de le repousser ! Tu n'as jamais eu le cœur brisé : pour cela, il aurait fallu accepter le risque d'une relation… »

Maya en avait été blessée.

« Tu as pris un risque, toi, et regarde où cela t'a menée ! »

Maya avait regretté ses paroles à l'instant où elles avaient franchi ses lèvres. Elle avait immédiatement tenté d'en atténuer l'impact, sans grand succès.

« Désolée, Bea, j'ai horreur de te voir malheureuse. Tu as choisi de quitter Dante et il continue à… »

« Ne dis pas de mal de Dante devant moi ! avait grondé sa sœur qui passait pourtant ses journées à le vilipender. Je l'ai quitté, c'est ainsi. Ça s'appelle la vraie vie, et ça veut dire qu'au moins j'en ai une, de vie ! Oh ! je ne voulais pas… »

Les yeux de Beatrice s'étaient emplis de larmes et les deux sœurs étaient tombées dans les bras l'une de l'autre, réconciliées. Maya savait cependant que sa sœur pensait chacune de ses paroles. Et que celles-ci étaient probablement vraies…

Étouffant un soupir, elle fit quelques pas pour se détendre, ployant sous le poids de sa totale impuissance à aider Beatrice. C'était dur de voir sa sœur chérie souffrir autant.

Car elle l'aimait, en dépit de leurs fréquents désaccords. Un lien indestructible les unissait. Maya savait que Beatrice serait toujours là pour elle, même si elles n'étaient pas sœurs de sang. En fait, Maya avait été adoptée par les parents de Beatrice et, au fil du temps, elle avait compris que cela renforçait encore leur lien. Car elle avait une vraie sœur, demi-sœur plus exactement, avec laquelle elle n'avait aucune relation. Elle n'était qu'un nom – Violetta Ramsey –, un visage sur une photo. Cette demi-sœur ne tenait pas plus à la connaître que leur mère, qui avait abandonné Maya enfant.

Rechercher sa mère biologique était l'une des rares choses que Maya n'ait jamais partagée avec sa famille d'adoption. Quand elle avait pris contact avec Olivia Ramsey, Maya avait reçu d'elle une invitation à déjeuner. Alors elle avait failli confier ses sentiments à sa mère de cœur, sentiments très partagés : après tout, celle qu'elle allait rencontrer était une étrangère qui ne lui avait donné la vie que pour se détourner d'elle... Mais elle n'avait rien dit, ni à sa mère ni à Beatrice et, depuis, dix-huit mois s'étaient écoulés. Il était trop tard pour en parler à présent. Maya en ressentait une vague culpabilité qu'elle soulageait en se disant que sa mère et Bea étaient sa vraie famille et que, même si elle leur avait parlé de sa recherche, elles n'en auraient pas conclu qu'elle voulait se détourner d'elles. Car elles représentaient tout pour elle.

Et de fait Olivia Ramsey avait assumé son rejet. Il aurait été bien trop pénible pour Maya de l'avouer à sa famille. La femme sophistiquée et sûre d'elle-même qui l'avait reçue lui avait confirmé de la façon la plus catégorique qu'elle n'avait aucune place dans sa vie. Montrer à Maya la photo de la fille qu'elle avait choisi de garder, Violetta, avait anéanti le dernier espoir de Maya. Jamais elle ne pourrait construire de relation avec Olivia.

Maya ne se rappelait pas exactement comment elle avait réagi devant cette fin de non-recevoir. Sans doute avait-elle bredouillé une quelconque approbation, qui n'avait pas fait réagir sa mère biologique. Sans doute n'était-elle pas débordante de compassion… Donc, ce n'était pas d'elle que Maya tenait sa tendance naturelle à l'empathie. De son père, peut-être ? Elle avait alors cherché à obtenir d'Olivia l'identité de l'homme, mais celle-ci ne savait même pas son nom ! Il était beau, et grand, cela, elle se le rappelait, car elle ne sortait qu'avec des hommes correspondant à ce profil.

Du même ton dépourvu d'émotion, Olivia avait révélé à sa fille qu'elle l'aurait sûrement gardée auprès d'elle si son amant de l'époque, homme riche et marié, avait cru que l'enfant soit de lui. Olivia avait bien tenté de lui faire avaler ce mensonge, mais elle ne pouvait pas savoir qu'il avait subi une vasectomie…

Et ce n'était pas en ressassant ces souvenirs qu'elle allait se remonter le moral, se dit Maya. Ce séjour à la montagne, organisé à la dernière minute, avait mal commencé, mal continué et mal fini. Les deux sœurs avaient trop de travail pour partir, mais une offre alléchante les avait fait craquer. Elles avaient soulagé leur conscience en se disant que ce seraient des vacances studieuses : quel meilleur endroit qu'une station de ski, avait avancé Beatrice, pour que Maya trouve l'inspiration pour créer sa collection d'hiver ? Les sœurs voulaient lancer leur marque et n'avaient que trop repoussé ce moment.

Cependant, le travail n'avait pas avancé, non à cause de la migraine persistante de Maya ou de la tentation des pistes, mais en raison de l'arrivée de Dante, l'époux de Beatrice. Il avait surgi sans les tambours et trompettes annonçant d'ordinaire le prince royal de San Macizo, et la vie de sa sœur avait replongé dans le chaos.

Maya pouvait pardonner à Dante d'avoir retardé le lancement de leur marque, mais elle avait du mal à tirer un trait sur la fait que sa sœur, la personne la plus optimiste au monde, soit devenue si profondément malheureuse.

Elle tenta de repousser ses sombres pensées en regardant autour d'elle. Un spectacle qui se révéla distrayant : un jeune artiste croquait les touristes sur le vif. Il avait le chic pour capter en deux coups de crayon les traits dominants de chacun, les déformant pour tirer le dessin vers la caricature.

À une époque, Maya avait cru avoir une fibre artistique, mais l'enthousiasme de ses jeunes années n'avait pas résisté à la campagne de moquerie et d'humiliation menée par son beau-père. L'homme avait à présent disparu de leur vie et Maya avait regagné une bonne partie de sa confiance en elle, mais plus jamais elle n'avait retrouvé la joie pure qu'elle ressentait à s'exprimer sur le papier, au fusain ou au pinceau.

Avec le recul, elle se rendait compte que l'horrible Edward lui avait peut-être rendu service : il y avait tant d'artistes plus doués qu'elle qui ne perçaient jamais ! Elle n'aurait pas voulu faire partie de ceux qui avaient failli y arriver… Mais le jeune homme qui croquait les touristes était vraiment talentueux, décida-t-elle en l'observant avec une attention redoublée. Tous ses modèles n'étaient pas flattés par ses amusants portraits et certains lui décochaient des remarques acides qu'il acceptait avec bonhommie.

— Je fais de la quantité plus que de la qualité ! lança-t-il par-dessus son épaule à l'adresse de Maya.

Elle sursauta, se sentant coupable de l'avoir observé si peu discrètement.

— Je pense que vous avez un vrai talent !

— Ça paie les factures, la plupart du moins, répondit le jeune homme en haussant les épaules.

Sa main agile se remit à courir sur le papier, faisant naître la caricature comme par magie. En quelques traits, un visage se dessinait, et, encore plus exceptionnel, une personnalité naissait. La tête un peu inclinée, Maya étudiait le visage qui, devant elle, prenait forme sur le papier... Un nez tranchant comme une lame divisait un visage aux pommettes très hautes. Une lèvre supérieure pleine et sensuelle contrastant avec celle du bas, ferme et presque cruelle, le menton à fossette et la mâchoire carrée complétaient ces traits qu'on aurait crus sculptés dans le granit. L'effet était austère et sidérant.

Si le propriétaire de ces yeux de velours aux cils exagérément recourbés avait dans la vie une fraction de l'arrogance et de l'autorité que lui prêtait le jeune artiste, eh bien, il n'allait sûrement pas lui acheter son œuvre ! Un homme aussi visiblement dur et intelligent n'était pas du genre à rire de lui-même, songea Maya en cherchant le modèle du regard. Ses chaleureux yeux bruns pétillaient d'une curiosité amusée, mais le demi-sourire qu'elle esquissait s'effaça vite en découvrant celui qui inspirait le portraitiste.

Il était difficile à ignorer, et pas seulement à cause de sa haute taille. Grand, athlétique, un manteau de laine noire sur ses épaules carrées, l'homme ne risquait pas de se fondre dans la foule. Ses cheveux de jais étaient peignés en arrière, dégageant son large front. Il venait d'entrer, comme en témoignait la neige fondant sur son col, et les gens s'écartaient sur son passage. Une étrange aura virile l'entourait et Maya la remarqua en même temps qu'elle y réagit : elle se raidit et tenta d'ignorer les papillons qui voletaient dans son ventre. Cependant, elle ne pouvait détacher ses yeux de lui ; on aurait dit qu'un aimant la retenait prisonnière du spectacle qu'il offrait.

C'était un homme qu'on adorait ou détestait au premier coup d'œil. Maya, elle, se trouva à la fois captivée et furieuse de l'être. Il y avait en lui quelque chose d'absolument envoûtant. Mais la beauté n'était-elle pas toujours fascinante ?

Le jeune artiste trouvait là les limites de son art, car, en dépit de tout son talent, rien n'aurait pu faire rire de son modèle. L'homme décourageait la caricature par ce qu'il dégageait de puissance parfaitement contrôlée, par sa démarche fluide comme celle d'une panthère et par son profil ciselé où se mêlaient force et sensualité.

Le jeune artiste se leva, croquis en main, dans l'espoir de vendre son travail, et le mouvement qu'il fit ramena Maya à la réalité. Elle cligna des yeux comme au sortir d'une longue transe. Peu à peu, elle reprenait conscience de son entourage, des bruits de l'hôtel… Se pouvait-il que cet homme, tout juste entrevu, l'ait plongée dans un tel état, comme si elle était… en manque de sexe ? Elle baissa les yeux, rouge de confusion.

Bien sûr, elle n'avait pas une activité sexuelle débordante ces derniers temps, c'était le moins qu'on puisse dire, mais son célibat était voulu. Beatrice, elle, pensait que Maya avait peur des hommes, mais elle avait parlé sous l'effet de la souffrance.

Sa sœur était d'un tempérament passionné ; Maya, elle, était prudente, ce qui ne favorisait pas les emballements. Elle n'avait sans doute pas de disposition pour les relations purement physiques mais n'enviait pas sa sœur sur ce point.

Beatrice croyait-elle avoir trouvé en Dante le partenaire idéal ? Leurs parents, eux, avaient eu la chance d'être des âmes sœurs, avant que leur père ne leur soit arraché.

Comment trouvait-on l'homme idéal ? Il fallait sans doute commencer par croire qu'il existait… Et, de toute façon, on risquait fort de le croiser dans la rue sans même le remarquer ! C'était sans doute pour cela que la plupart des gens se résignaient à des relations insatisfaisantes ou, comme Beatrice, s'imaginaient avoir trouvé la perle pour finir seuls et malheureux quand les choses tournaient mal.

Mais peut-être sa sœur avait-elle raison. Peut-être Maya était-elle effrayée à l'idée de se voir rejetée, ou d'aimer et de perdre l'objet de son amour, comme sa sœur…

D'ailleurs, à ce stade de sa vie, la romance ou le sexe – y avait-il une différence ? – auraient tout compliqué.

Sa sœur et elle tentaient de lancer leur marque de mode et l'une au moins devait rester centrée sur cet objectif. Bea se débattait avec le traumatisme d'un futur divorce, il fallait donc que Maya tienne le cap. Son regard glissa furtivement vers Bea, toujours assise, le regard rivé à son téléphone. Maya sentait le désespoir que cachait sa colère et son cœur saignait pour elle. Sa sœur n'était pas la meilleure publicité pour l'amour en ce moment, mais si Maya devait un jour céder aux sirènes de la romance, jamais elle ne laisserait son bonheur dépendre d'un homme. S'il s'avisait de la rendre malheureuse, elle le quitterait sans se retourner. Jamais elle ne se laisserait paralyser par ses sentiments. Elle n'était pas comme ça, tout simplement.

La chaleur, les gens mécontents, l'atmosphère confinée, tout lui était insupportable. Samuele faillit repartir tout droit dans la neige et le froid.

Mais il avait deux heures à tuer – si les informations qu'il avait réussi à se procurer étaient exactes –, avant de pouvoir bouger d'ici. Risquer l'hypothermie ne l'aiderait en rien.

Qu'est-ce qui pourrait bien l'aider, d'ailleurs ?

Il en grinçait des dents de frustration : savoir que son vol privé l'attendait à l'aéroport, si près et pourtant hors d'atteinte, l'agaçait au plus haut point. Cependant, il n'avait aucun autre moyen de rejoindre Rome avant que son frère Cristiano ne se fasse opérer.

Ses doigts se crispèrent sur le téléphone dans sa poche, mais il ne servirait à rien d'appeler Cristiano avant d'en savoir plus sur la situation des transports. Il ne voulait pas faire à son frère des promesses qu'il serait incapable de tenir s'il devait rester bloqué ici.

Quelqu'un éclata de rire à côté de lui et le visage de Samuele se crispa sous l'effet de la contrariété. Il ne voulait rien entendre de joyeux, il ne voulait pas être ici, tout ce qu'il souhaitait, tout ce dont il avait besoin, c'était être aux côtés de son frère.

Cristiano connaissait les pires ennuis et affrontait seul un séjour à l'hôpital car son épouse adorée ne supportait pas les hôpitaux ! Violetta ignorait délibérément les choses laides de ce monde et n'envisageait pas une seconde de soutenir son futur mari, dont on allait ouvrir la boîte crânienne pour y prélever un fragment de cerveau. Une biopsie donnerait peut-être la raison des épouvantables maux de tête dont il souffrait en silence depuis six mois.

« Elle a pleuré quand je lui en ai parlé », avait dit Cristiano.

Les pleurs des femmes n'émouvaient pas Samuele. En général… car, même après toutes ces années, l'image de sa mère pleurant silencieusement lui crispait le ventre, souvenir déchirant de son impuissance enfantine à soulager sa souffrance. Mais les larmes de crocodile le laissaient de marbre. Les pleurs de Violetta étaient destinés à manipuler son époux. Hélas, le pauvre Cristiano n'y était pas aussi insensible que lui, qui ne ressentait que colère et mépris pour Violetta.

D'un geste las, il passa la main dans ses cheveux encore humides de neige, alors que se creusait la ride entre ses sourcils noirs. *Dio*, pourquoi les hommes de cette famille faisaient-ils d'aussi mauvais choix en matière d'épouse ?

Il devait s'estimer heureux de ne jamais avoir trouvé la femme de sa vie… si tant est que cela existât ! Et si jamais il en apercevait une pouvant prétendre au titre, il se jurait bien de piquer un sprint dans la direction opposée ! Un sourire cynique flotta sur ses lèvres : il n'en aurait pas besoin, puisque l'amour était pure fiction. Il savait faire la différence entre la vie et une comédie romantique hollywoodienne.

Alors qu'il se dirigeait vers le bar, l'esprit tout occupé par l'épreuve que traversait son frère, il mit un instant à réaliser qu'on lui parlait.

Samuele dévisagea le jeune homme qui s'adressait à lui, puis regarda la caricature qu'il lui tendait. C'était bien vu, trop pour son confort, car le dessin montrait un homme tellement hautain que même son propre frère hésiterait à se confier à lui… La colère qu'il éprouvait envers lui-même, la frustration qui le rongeait de n'avoir pu éviter à Cristiano ni ce mariage toxique, ni cette terrible maladie, tout se cristallisa en une rage froide :

— C'est vraiment le mieux que vous puissiez faire ? jeta-t-il d'un ton glacial, son regard méprisant effleurant la caricature avant de toiser son auteur. Je crains que l'avenir ne s'annonce mal pour vous, j'espère que vous avez un plan B.

La diatribe lui procura une seconde de satisfaction, vite remplacée par un sentiment de culpabilité. C'était honteux de s'en prendre à une cible aussi facile. La seule erreur de ce pauvre garçon était de se trouver là au mauvais moment, et d'avoir un avenir dont Samuele pouvait se moquer, alors que son frère, lui, n'en avait peut-être pas… et cela le désespérait.

— Je devrais me débrouiller, lui répondit tranquillement le jeune homme.

Au lieu de lui rendre la caricature, Samuele la garda et chercha son portefeuille. Il lui était plus facile de donner de l'argent que de s'excuser, songea-t-il avec cynisme. Mais, avant qu'il ait pu réaliser la transaction qui devait soulager sa conscience, une petite silhouette en veste matelassée orange se jeta entre le jeune artiste et lui. Tous deux reculèrent.

D'où sortait-elle, avec son visage en forme de cœur, entouré d'une aura de boucles brunes évoquant les héroïnes romantiques ? Elle était arrivée si vite que Samuele n'en avait aucune idée mais, en tout cas, elle était là et bien là, le dévisageant d'un air furieux, les mains campées fièrement sur ses hanches rondes.

Elle pivota pour regarder le jeune homme, et Samuele eut la surprise de ressentir une vague de chaleur l'envahir. Mais déjà elle posait sur lui un regard plein de mépris.

— Il a plus de talent dans son petit doigt que vous n'en avez dans… tout votre corps !

Ses paroles, aussi surprenantes qu'inattendues, le touchèrent au cœur. En d'autres circonstances, Samuele aurait adoré écouter plus longuement sa voix, qui, en contraste avec sa silhouette menue, était basse et voilée. Il l'imagina lui murmurer des mots osés à l'oreille, et cela seul lui prouva à quel point il n'était pas dans son état normal car les émotions qui agitaient la jeune femme n'avaient rien de tendre ni de sensuel…

Les yeux bruns dilatés, aux pupilles que la colère piquetait de paillettes dorées, faisaient à Samuele le plus étrange effet. L'attirance qu'il ressentait prenait un tour intense, physique, et c'était un violent désir qui palpitait au creux de ses reins. Son adversaire était menue, elle ne lui arrivait pas même à l'épaule, tout en elle respirait la sensualité. Elle était… superbe, sans le vouloir, et cela lui plut. D'un regard bref, il évalua sa tenue mêlant l'orange, le turquoise et le rouge sombre de son jean moulant. Visiblement, elle se moquait de passer inaperçue ! Ou alors elle était daltonienne… Mais bizarrement cette palette de couleurs lui seyait. On en oubliait vite le côté criard dès qu'on regardait le doux ovale de son visage, ses yeux qui crachaient le feu et les boucles folles qu'un chignon lâche peinait à discipliner. La délicatesse de ses traits et son teint de pêche évoquaient une sensualité mêlée de fragilité. Ses joues rondes aux pommettes hautes exprimaient jeunesse et vitalité, et son nez mignon, légèrement retroussé, donnait à son visage un caractère mutin. Sa bouche n'avait rien de mignon, elle : pleine et bien dessinée, elle affichait un pli méprisant.

Samuele se surprit à regarder intensément cette bouche rose, sans se rendre compte que le désir qu'il ressentait se reflétait dans ses yeux sombres. Jamais il n'avait réagi de façon aussi viscérale à la présence d'une femme.

Cet homme la dévisageait… d'une façon intolérable. Maya était à deux doigts de s'enfuir mais la colère la retint : pas question de lui montrer à quel point elle était faible. Certes, elle avait été tentée de détourner les yeux en le voyant rudoyer ce pauvre jeune homme… Seule la colère que lui inspiraient les manières humiliantes de l'homme l'en avait empêchée. Oui, sa colère était légitime et elle devait lui faire toute la place. Aussi ne s'interrogerait-elle pas trop sur l'effet de ce regard noir qui la toisait : son sang circulait plus vite, et elle se sentait toute tremblante, comme à sa merci.

Elle ferma brièvement les paupières pour repousser toute sensation de vulnérabilité, serra les dents et examina de front celui qui suscitait en elle une réaction aussi intense.

Heureusement, la cruauté qu'elle avait vue dans ses yeux noirs s'était effacée. Elle releva le menton. Maya n'était pas du genre à se liquéfier sous le regard d'un homme, même si celui-ci laissait peu de doutes sur ses intentions.

Elle se concentra sur le mépris qu'il avait montré en s'adressant au jeune artiste, écho de ce qu'elle avait si souvent reçu de la part de son beau-père. La situation était différente mais les mots signifiaient la même chose : on avait si peu de valeur qu'on était disqualifié.

Maya n'était plus l'enfant qui écoutait, tête baissée, se laissant ravir toute estime de soi. Elle n'admettrait pas qu'un autre soit victime du même procédé. Comment vivre avec elle-même si elle acceptait pareil harcèlement ?

— La critique est facile, fit-elle d'une voix vibrante, surtout à ceux qui n'ont aucun talent, et du coup, ne peuvent le reconnaître chez les autres. Il faut être aveugle pour ne pas voir que ce jeune homme est doué !

L'homme soupira, frappa le sol de sa botte pour en ôter la neige.

— Je ne suis pas dans un de mes meilleurs jours.

Sa voix était grave et profonde, et le soupçon d'accent qui la colorait la rendait encore plus fascinante.

— Combien ? reprit-il à l'adresse du jeune homme.

— Vous pensez que l'argent arrange tout, grommela amèrement Maya.

La colère n'était pas seule cause de la décharge d'adrénaline qui courait dans les veines de Maya. D'accord, l'homme était insupportable, mais elle n'était pas à l'abri de son magnétisme viril. Prenant une brève inspiration, elle tenta de s'arracher au regard qui la tenait prisonnière et sentit un frisson courir dans son dos. Ah non, elle n'allait pas craquer pour un étranger de passage !

— Vous avez du talent, dit-elle au jeune artiste, avant de se retourner vers l'homme et d'ajouter : et vous, vous aurez beau essayer, vous ne réussirez pas à saper sa confiance en lui.

Elle releva le menton en signe de défi : non, cela n'arriverait pas, elle l'en empêcherait !

Samuele avait été la cible de bien des regards mauvais, mais aucun qui atteigne le mépris de celui de cette inconnue.

Que pourrait-il bien faire pour lui arracher un sourire ? Pas grand-chose, à part tomber mort à ses pieds…

— Et ne laissez personne vous dire le contraire ! reprenait-elle en s'adressant au jeune homme.

— J'ai survécu à pire, dit ce dernier, philosophe.

— Ne laissez personne vous dévaloriser. Vous devez croire en vous-même.

Samuele était pris entre l'agacement et l'amusement. Elle devait avoir de sérieux problèmes… qui ne le concernaient pas. Il la toisa et lâcha :

— Qui êtes-vous ? Sa fiancée ou son coach de vie ?

— Juste quelqu'un qui ne supporte pas qu'on harcèle les autres. Vous avez des manques à compenser ? poursuivit-elle d'un ton moqueur. Votre petite amie vient de vous plaquer ?

— Pourquoi, vous voulez prendre sa place ?

Samuele ne put retenir sa satisfaction en voyant le joli visage s'empourprer.

— Vous pouvez toujours rêver…

— Oh ! je fais des rêves très intéressants, susurra-t-il.

— Eh bien je n'en ai rien à faire ! répliqua-t-elle avec hauteur, pas plus que de vos suggestions déplacées.

Ce fut ce moment que les lumières choisirent pour clignoter, puis s'éteindre. La neige avait dû endommager les lignes électriques. Dans le noir, on entendit des rires étouffés.

Maya sentit un souffle sur ses lèvres, léger comme l'aile d'un papillon. Elle soupira, frissonna et tendit la main, mais celle-ci ne trouva que le vide. Avait-elle rêvé ?

Lorsque les lumières revinrent, l'homme avait disparu.

Maya cligna des yeux.

— Vous êtes une guerrière, vous ! lança le jeune artiste en la dévisageant avec admiration.

— Ça, c'est bien vrai !

C'était Beatrice, qui se précipitait pour la serrer contre elle.

— Je suis désolée pour tout à l'heure ! Je sais que tu voulais seulement m'aider… Maya, j'ai entendu ce que tu disais et tu as parfaitement raison, il ne faut pas se laisser intimider. Au fait, qui était le beau gosse contre qui tu t'énervais ?

— Je n'en ai pas la moindre idée…

1.

Maya reposa le téléphone et se trémoussa un instant sur la table où elle s'était perchée pour répondre. Une mèche s'était échappée de son chignon et elle la repoussa avant d'étouffer un bâillement. Si elle n'avait pas attendu cet appel, elle aurait été couchée depuis longtemps, ce qui, étant donné qu'on était vendredi soir à Londres, qu'elle avait vingt-six ans et qu'elle était célibataire, aurait probablement paru triste à la plupart des gens.

Elle allait devoir consacrer un peu plus de temps à sa vie sociale, ou plutôt remédier à son absence… Assez ironiquement, elle avait reçu une invitation pour la soirée, de la part de collègues. Elle avait dû refuser, s'excusant de l'arrivée de sa mère après un long voyage.

— Oh ! et elle arrive d'où ? s'était enquis l'une d'eux.

— De San Macizo.

Elle n'avait pas eu besoin d'expliquer, car l'île exotique avait été le décor d'un film récent à grand succès. On n'avait parlé que de ce lieu magique dans les journaux. La conversation avait vite dévié vers le beau-frère de Maya et son physique de star. Toutes les filles déploraient que le séduisant héritier du trône de San Macizo ne soit plus un cœur à prendre : le délicieux Dante avait épousé une Anglaise, et toutes auraient voulu être à sa place !

Maya avait omis de préciser que l'Anglaise en question n'était autre que sa sœur Beatrice… Celle-ci, enfin réconciliée avec son époux, avait embrassé avec bonheur le rôle de princesse et celui-de mère. Elle semblait épanouie dans les deux.

Bea se trouvait à nouveau enceinte et Maya était heureuse que leur mère ait pu lui apporter son aide, et profiter de sa délicieuse petite-fille qui était aussi la filleule de Maya.

Et si Maya avait tu à ses collègues sa relation avec la principauté, c'était pour éviter les inévitables questions :

« Si ta sœur est princesse, comment se fait-il que tu travailles à installer des vitrines dans un grand magasin ? »

La réponse, si on écoutait Beatrice, était que Maya était bien trop fière, entêtée et stupide pour accepter ce qu'on lui proposait. Elle avait sincèrement apprécié les efforts de Bea pour l'aider, mais elle voulait réussir par elle-même. Ses succès futurs auraient d'autant plus de valeur qu'ils n'auraient pas été obtenus grâce à ses relations.

Elle allait se faire une tasse de chocolat avant de se mettre au lit lorsque la sonnette de la porte retentit. À cette heure-ci ? Ce ne pouvait être que le livreur de pizza, or elle n'avait rien commandé… Intriguée sans pour autant être alarmée, elle resserra la ceinture de son peignoir et entrebâilla la porte. Il faudrait penser à l'équiper d'une chaînette de sécurité…

Ce fut une femme qui se présenta à sa vue. Et elle n'était pas seule. Dans ses bras se trouvait un bébé endormi aux cheveux noirs, de trois ou quatre mois. Les pupilles écarquillées de surprise, Maya dévisagea ses visiteurs avant de murmurer d'une voix incrédule :

— Violetta ?

Ce n'était pas croyable, et pourtant la belle femme qui se tenait devant elle, grande, mince, comme sortie des pages d'un magazine avec ses cheveux cascadant jusqu'à la taille et ses yeux d'un bleu de porcelaine parfaitement maquillés, cette femme était bien celle qu'elle avait vue sur la photo que lui avait fièrement tendue sa mère biologique.

— C'est bien toi, Mia ?

— Maya…

— Oui, pardon, Maya… Maman t'a parfaitement décrite ; mais je t'aurais reconnue de toute façon ! Il y a cette connexion entre nous. Tu es ma sœur, après tout !

Violetta se pencha pour l'embrasser et Maya recula, non pour éviter le baiser mais de crainte de faire mal au bébé.

— Bon, tu es plus âgée que moi, reprit Violetta, mais tu dois être très jolie, enfin… quand tu es un peu maquillée.

Maya cligna des yeux, déstabilisée par le regard de siamois de sa demi-sœur, et trop mal à l'aise pour relever la remarque condescendante de Violetta.

— Euh… que viens-tu faire ici ? Que t'arrive-t-il ?

— J'ai besoin d'aide, fit Violetta, s'effondrant en larmes sous le regard horrifié de sa demi-sœur.

La méfiance de Maya laissa place à une réelle inquiétude.

— Est-ce que je peux faire quelque chose pour toi ?

— Je ne devrais pas être ici, excuse-moi. J'aurais dû t'appeler avant, je sais, mais je craignais que tu ne refuses de me répondre, et je n'avais personne d'autre à qui m'adresser. Tu es notre seul espoir, je t'en prie, ne nous renvoie pas ! supplia plaintivement Violetta, serrant si fort contre elle le bébé endormi qu'il se réveilla pour pousser un petit cri de protestation.

— Non, non, bien sûr, est-ce que…

Maya s'interrompit en voyant apparaître derrière Violetta une silhouette chargée de volumineux bagages.

— Vous ne voyagez pas léger, ma petite dame, dommage qu'il n'y ait pas d'ascenseur…

Maya sentait la situation lui échapper. L'homme, irrité et essoufflé, posa les valises sur le seuil.

Violetta tourna vers lui son beau regard plein de larmes, et le visage de l'homme se radoucit.

— Vous devez être épuisé… Voyons, où est mon porte-monnaie ? Mia, tu veux bien donner un bon pourboire à ce taxi qui s'est montré si gentil ?

Elle l'avait appelée Mia, encore ? Sans doute Violetta n'avait-elle pas la mémoire des noms… Maya paya l'homme et tira les lourds bagages à l'intérieur. Pendant ce temps, Violetta s'installa sur son canapé. Le bébé mordillait son poing tandis qu'elle détaillait d'un œil critique la décoration du salon. Visiblement, le style hippie chic n'était pas à son goût.

Maya s'assit en face d'elle. Il y avait tellement de questions à poser qu'elle ne savait par où commencer.

— Je suis désolée, murmura son invitée d'une voix tremblante. Débarquer comme ça sans prévenir… Mais j'étais aux abois ! Et cela faisait si longtemps que je voulais prendre contact avec toi !

— Vraiment ? Ta mère… Elle m'avait pourtant dit…

Maya se mordit les lèvres : sa voix vacillante trahissait trop ses regrets.

— Quand tu as vu maman, j'étais vulnérable, expliqua Violetta. J'ai encore du mal à parler de cette époque. Et maman m'a toujours protégée. Après coup, j'ai craint que tu ne m'en veuilles. Cristiano m'avait dit…

La lèvre de Violetta trembla, sa voix se brisa.

— Cristiano ?

— Mon époux, dit Violetta, de nouvelles larmes étoilant ses yeux bleu clair. Il m'avait dit de prendre contact avec toi…

Maya lui tendit une boîte de mouchoirs en papier et Violetta en prit un, tapotant doucement ses joues au teint parfait. Son maquillage n'avait nullement souffert de ses larmes, remarqua Maya, surprise.

— Hélas, reprit Violetta, Cristiano est mort sans avoir vu notre cher Mattio…

Maya tourna un regard plein de compassion vers l'enfant – son neveu ! Quelle tragédie… Comment pouvait-on jamais s'en remettre ?

— Je suis navrée pour vous deux…

Le bébé choisit ce moment pour agripper une mèche des cheveux de sa mère si artistiquement colorés qu'il était difficile de deviner leur nuance naturelle. Violetta poussa un cri d'agacement.

— Laisse-moi faire, proposa Maya.

Elle se pencha et détacha un à un les petits doigts crispés du bambin.

— Merci, dit Violetta avec soulagement, avant de reprendre d'un ton plaintif : à présent que mon cher époux est parti, je n'ai plus rien ! Rien…

— Mais tu as ton bébé, et lui t'a, plaida Maya, sentant sa gorge se serrer.

Elle avala sa salive : mieux valait qu'elle ne se mette pas à pleurer elle aussi.

— Tout ce dont un enfant a besoin, c'est d'amour, poursuivit Maya, tout en songeant que l'amour payait rarement les factures. Je sais que cela peut être difficile financièrement d'être mère célibataire et…

— Mais Mattio est un Agosti ! Il doit hériter de leur fortune. Tu as entendu parler des Agosti ? interrogea Violetta devant l'incompréhension visible de sa demi-sœur.

— Oui… Sûrement…

Il aurait mieux valu que cet enfant, fortuné ou pas, puisse grandir auprès de son père.

— L'héritage devait me revenir d'abord, en tant que veuve de Cristiano. Mais au dernier moment mon époux a changé son testament, et je sais exactement qui je dois remercier pour ça, gronda Violetta. C'est très bien que l'argent revienne à Mattio à sa majorité, bien sûr…

Elle avait précipitamment ajouté cette dernière phrase en voyant le regard étonné de sa demi-sœur. Mais c'était trop tard pour convaincre Maya de sa sincérité. Pourtant, celle-ci s'en voulut de sa réaction : ce devait tout de même être difficile d'avoir compté sur une fortune et se retrouver sans rien.

— Donc, reprenait Violetta, il faut que je me tourne vers Samuele pour obtenir le moindre sou. Il s'est débrouillé pour que Cristiano lui laisse gérer l'héritage de son fils !

— Samuele ? demanda Maya qui commençait à avoir du mal à suivre.

— Le frère aîné de Cristiano. Il m'a toujours détestée. Il était jaloux car, depuis qu'on était ensemble, Cristiano prenait ses décisions sans lui… Ah, je ne blâme pas mon cher Cristiano, il était influençable, et Samuele lui a dit des horreurs sur mon compte. Il l'a monté contre moi… Je vois bien que tu ne me crois pas. Personne ne me croit, d'ailleurs ! Tout le monde pense que Samuele s'occupe tendrement de toute sa famille, moi y compris !

Maya pressa les mains sur ses tempes : elles commençaient à lui faire mal. Chaque mot de sa demi-sœur complétait un tableau qui ne lui était que trop familier. Une bouffée de colère monta en elle, qu'elle transforma en une ferme résolution.

— Je comprends très bien. Je sais qu'une personne n'est pas toujours à l'image de ce qu'elle montre aux autres.

Avant qu'il n'épouse la mère de Beatrice, Maya croyait que son futur beau-père était un homme bon et attentionné. C'était l'image qu'il présentait au monde. Il redonnait sa joie de vivre à leur mère, l'aidait à tourner la page après le décès de son premier mari. Puis il l'avait épousée et l'emprise avait commencé, perverse, si subtile et insidieuse que sa mère n'avait pas compris qu'il l'isolait du monde, de ses amis, de ses soutiens. Finalement, il était même parvenu à la couper de ses filles… Maya comprenait aujourd'hui qu'Edward était jaloux de sa proximité avec sa mère adoptive. Il craignait que cela ne fasse obstacle à sa volonté de contrôler sa femme.

Il s'était alors moqué d'elle, l'avait dévalorisée aux yeux de tous. À l'en croire, Maya n'était qu'une petite intrigante.

— Ton Samuele est un manipulateur, conclut Maya. Mais tu n'es pas seule.

Elle non plus n'avait pas été seule pour lutter contre les manigances de son beau-père. Béatrice l'avait soutenue. C'était maintenant à elle d'offrir son soutien et elle était heureuse de pouvoir ainsi payer sa dette.

— Tu me comprends !

La gratitude brilla dans les yeux de Violetta, vite remplacée par une expression de désespoir :

— Mais tu ne peux rien pour moi, poursuivit-elle d'une voix étranglée. Samuele a l'argent, le pouvoir… et je suis sûre qu'il intrigue pour me retirer la garde du bébé. Il a peut-être raison, finalement. Je ne suis peut-être pas une bonne mère…

Elle embrassa les cheveux de l'enfant serré contre elle.

— Non, répliqua Maya d'une voix empreinte d'émotion. Tu ne dois jamais penser cela. Il faut croire en toi-même !

— Je suis venue ici sur un coup de tête. Tout devenait trop dur… J'avais besoin d'un abri, le temps de décider quoi faire.

— Tu peux rester ici tout le temps nécessaire, répliqua Maya, faisant taire la petite voix qui l'interrogeait sur les conséquences d'une telle décision.

— Vraiment ?

— Vraiment.

Maya dormit mal, ressassant les événements de ces dernières heures. Violetta et Mattio occupaient à présent la chambre habituellement dévolue à Béatrice. Violetta, qu'elle ne connaissait pas vraiment… Étant donné les circonstances, elle aurait dû éprouver plus d'empathie pour elle. Tout en étant décidée à l'aider, elle ne ressentait aucun élan du cœur envers sa demi-sœur et se le reprochait.

Mais l'émotion ne se commandait pas et, si Maya comparait entre elles ses deux demi-sœurs, Beatrice l'emportait haut la main… Son absence de sentiments pour Violetta était largement compensée par la tendresse qu'elle éprouvait déjà pour Mattio. Maya s'était occupée du bébé la veille, Violetta se décrétant trop fatiguée pour le changer et le nourrir. Au moment de rendre l'enfant à sa mère, Maya avait senti son cœur palpiter de regret. Est-ce que sa mère biologique avait ressenti la même chose au moment de la confier à d'autres ? Est-ce que le son de ses pleurs déclenchait chez elle la réaction instinctive qui poussait Maya à quitter le cocon tiède de son duvet, en entendant Mattio gémir à côté ?

Elle attrapa le peignoir qui pendait à sa porte. En sortant, elle surprit dans le miroir son reflet : ses traits tirés accusaient le manque de sommeil. Mais, pendant le peu qu'elle avait dormi, un rêve récurrent l'avait hantée. Ce rêve, elle l'espérait et le redoutait tout à la fois chaque soir. Au petit matin, elle ne s'en rappelait jamais les détails précis, qui se confondaient en un brouillard érotique, l'impression d'un désir insatisfait, et le souvenir d'une voix de miel… Elle en éprouvait une sorte de honte qui ne se dissipait qu'après la deuxième tasse de café.

Était-il seulement possible qu'une rencontre de hasard, quelques mois plus tôt, ait laissé une telle empreinte sur son inconscient ? Cet étranger arrogant l'avait-il vraiment embrassée ? se demanda Maya, posant un doigt sur ses lèvres qui soudain la picotaient. Ou bien tout cela n'était-il que le fruit de son imagination enflammée ?

Le bébé se mit à pleurer plus fort, effaçant le souvenir du regard sombre qui avait mis le feu en elle.

Elle n'avait pas une grande expérience en matière de tout-petits. Sa nièce pleurait, comme tous les bébés, mais pas en présence de Maya. Lors de ses trop rares visites, la petite Sabina-Ella se montrait souriante, visiblement contente de son sort. Elle examinait le monde avec de grands yeux solennels et puis riait aux anges, ce qui attendrissait sa tante.

Un peu de mélancolie se mêlait aux bons souvenirs qu'elle rapportait de ses visites à San Macizo. Maya était vraiment heureuse que Beatrice se soit réconciliée avec son époux et ait trouvé le bonheur qu'elle méritait, mais c'était vraiment dommage qu'elle habite si loin…

À la porte de la chambre où sanglotait l'enfant, elle marqua une pause et frappa, assez fort pour se faire entendre.

— Est-ce que je peux t'aider, Violetta ?

Seuls les pleurs de Mattio lui répondirent. Elle répéta sa question, haussant le ton, mais n'obtint pas plus de réponse.

Doucement, elle entrouvrit la porte.

— Violetta ? J'entre.

Maya chercha la silhouette de sa sœur dans le lit. Elle n'y était pas. Au son de sa voix, les pleurs du bébé s'étaient transformés : il hoquetait à présent, avec des sanglots à briser le cœur. Maya s'approcha et murmura d'une voix douce :

— Bonjour, petit bonhomme…

Le visage de l'enfant était rouge et ses yeux gonflés d'avoir tant pleuré. Apercevant Maya, il tendit ses petites mains potelées vers elle.

Maya sentit sa poitrine se serrer et des larmes lui monter aux yeux. Elle ferma brièvement les paupières pour refouler ses pleurs : ce n'était pas le moment !

— Alors, petit homme, où est ta maman ?

Le lit était fait, comme si on n'avait pas dormi dedans... Maya se refusa à tirer les conséquences de sa découverte.

Elle inspira profondément et sortit l'enfant de son couffin. Le bébé était tiède et sa couche visiblement détrempée.

Maya l'installa contre sa hanche et sortit de la chambre.

— Bon, allons chercher ta maman, d'accord ?

La boule qui lui bloquait la gorge enfla démesurément alors que, le bébé toujours serré contre elle, Maya parcourait les quelques pièces de son appartement. Il n'était pas grand au point qu'on puisse s'y cacher...

— Ce n'est pas vrai ! grommela-t-elle.

Ça l'était, et il faudrait bien qu'elle l'accepte.

— Ne t'en fais pas, reprit-elle à l'adresse de Mattio, ça va aller.

Mais la petite tête avait basculé sur son épaule : le bébé dormait, épuisé par ses pleurs. Elle revint à la chambre où se trouvait son sac à langer et le changea, sans qu'il se réveille pour autant. Puis elle le déposa doucement dans le couffin et détailla la pièce, comme si Violetta allait s'y matérialiser.

Il y avait sûrement une explication logique à cette invraisemblable situation... Soudain, elle repéra un papier plié, glissé derrière un cadre où se trouvait la photo de Beatrice souriant. Un nom était marqué sur la feuille, mais ce n'était pas le sien : Mia. Certaines personnes n'avaient décidément pas la mémoire des noms...

Envahie par une sensation nauséeuse, Maya ne se décidait pas à lire le feuillet. Sa répugnance était sans doute justifiée, au vu de la situation... Elle envia la respiration tranquille du bébé qui dormait comme un bienheureux, oublieux de tout.

Mais avant de lire le mot il y avait plus urgent à faire : lorsque le bébé se réveillerait, il faudrait le nourrir et tout devait être prêt. Elle trouva dans la cuisine les biberons et le lait en poudre, déposés là par Violetta. Les doses étaient indiquées sur la boîte, elle s'en sortirait. Il lui restait à lire le feuillet…

Avec un soupir d'exaspération, elle retourna à la chambre, s'en empara, le déplia… Elle en avait à peine lu les premiers mots que la sonnette retentit, la faisant sursauter.

Samuele lâcha la sonnette et posa le poing fermé sur la porte. Il aurait voulu tambouriner pour abolir au plus vite la distance qui le séparait de son neveu. Dans quel état le trouverait-il ? Il prit une profonde inspiration pour se rassurer. D'accord, Violetta était une intrigante, froide et manipulatrice, mais elle ne ferait aucun mal à son fils. C'était un point positif. Il savait aussi qu'elle n'hésiterait pas à instrumentaliser Mattio pour parvenir à ses fins. La maternité n'avait pas mis en sommeil son prodigieux égoïsme : jamais elle ne ferait passer les besoins de quiconque avant les siens.

Instinctivement, la main de Samuele se porta à la griffure qui s'effaçait sur sa joue. Souvenir de Violetta… Dépitée, elle n'avait pas hésité à s'en prendre à lui. Le bébé n'aurait pas à souffrir de sa colère, mais il faisait néanmoins partie des dommages collatéraux… L'estomac de Samuele se crispa : il aurait dû voir venir cette crise. Il avait promis à Cristiano de s'occuper de son fils. Sur l'instant, la promesse lui avait paru facile à tenir. À présent… Il se redressa de toute sa hauteur, et fixa la porte d'un œil glacial.

Une clé tournait dans la serrure et il recula un peu, pour affronter ce qui l'attendait… Mais quoi ? Ou plutôt qui ?

Les mots du feuillet encore à l'esprit, Maya se débattait avec la clé. Ses mains tremblaient et il lui fallut un moment pour comprendre qu'elle ne pouvait rien déverrouiller puisque Violetta était partie en tirant simplement la porte, sûrement au désespoir de laisser son fils entre les mains d'une quasi-étrangère. L'émotion faillit submerger Maya, mais elle se raccrocha à ce que disait Violetta dans sa note : elle allait revenir chercher l'enfant, et d'ailleurs c'était peut-être elle qui sonnait ? Oui, sûrement !

Elle avait compris qu'elle ne pouvait pas abandonner son bébé, se dit Maya avec un intense soulagement. Elle ouvrit vivement la porte et s'avança pour accueillir sa demi-sœur. Mais une silhouette imposante, étrangement familière, la fit reculer. Le sourire de bienvenue qu'elle affichait disparut instantanément. Elle restait paralysée, sous le choc, comme si elle venait de heurter un mur… Son regard s'attacha à celui de son visiteur, l'homme qui avait déclenché chez elle un bouleversement qu'elle se refusait encore à admettre. Les secondes s'écoulèrent, mais son horloge intérieure était bloquée. Finalement, l'air entrant dans ses poumons la ramena au réel.

— Vous ? Ce n'est pas possible…

On avait beau être adepte du parachutisme, le moment où on se lançait dans le vide provoquait toujours un choc intense. C'était la première fois que Samuele éprouvait cette sensation sur la terre ferme.

Il toisa celle qui lui faisait face, lentement, ne perdant aucun détail. Et il serra les dents, car le désir qui montait en lui était presque douloureux. Sa réaction face à elle était aussi viscérale que la première fois, quand son regard de braise l'avait cloué sur place dans cet hôtel, après qu'il se fut montré arrogant envers un jeune dessinateur. Le même regard le dévisageait, presque voilé sous l'effet de la surprise. Les yeux de Samuele s'attardèrent sur les lèvres ourlées… Il se rappelait bien cette bouche, qui avait souvent occupé son esprit depuis ce fameux jour. Si seulement il avait suivi son instinct et l'avait embrassée, au lieu de simplement le vouloir ! Il saurait alors quel goût elle avait…

Ses mâchoires se crispèrent.

— C'est vous, la sœur ? gronda-t-il.

Elle faisait sûrement partie du plan de Violetta pour lui extorquer de l'argent.

Peu encline à admettre quoi que ce soit, pas même la vérité, Maya lui renvoya la question du tac au tac :

— C'est vous, le beau-frère ?

L'homme de ses rêves, celui qu'elle n'avait vu que quelques instants dix-huit mois plus tôt, et dont le souvenir indélébile avait marqué son esprit, cet homme était donc le persécuteur de Violetta !

Un sourcil sombre se releva avec mépris :

— Je m'appelle Samuele Agosti et je suis ici pour ramener mon neveu en Italie, comme vous devez le savoir.

Il n'avait rien perdu de l'arrogance qu'elle avait remarquée à Zurich, et malheureusement rien de sa virilité non plus… En une vaine tentative pour s'en protéger, elle croisa les bras sur sa poitrine.

— Eh bien, vous vous êtes déplacé pour rien.

— Où se trouve-t-il ?

Il avait posé la question sans la regarder, ses yeux cherchant déjà l'enfant.

Elle releva le menton.

— Je vous demande de partir.

Elle commença à refermer la porte, mais il la bloqua d'un pied ferme et chaussé d'une luxueuse marque italienne.

— Un enfant doit rester avec sa mère, reprit Maya en rougissant, car même si sa déclaration était vraie, elle ne s'appliquait pas à la situation actuelle de Mattio.

Mais comme justement sa mère avait disparu, elle était la seule à pouvoir faire obstacle à cet homme…

— Vous ne semblez pas très sûre de vous-même à ce propos, remarqua Samuele Agosti d'un ton méprisant.

— Ce dont je suis sûre, c'est que je vais appeler la police si vous ne partez pas immédiatement.

— Quand on profère une menace, il vaut mieux être prête à l'exécuter, sinon, elle perd beaucoup de son effet…

Il y avait un défi dans l'ironie de son sourire. L'aura virile qui irradiait de cet homme suffoqua Maya. L'appartement lui sembla soudain tout petit, et elle se sentit affreusement impuissante. Mais il ne fallait surtout pas qu'il s'en doute. Courageusement, elle carra les épaules et se dressa de toute sa taille. Après tout, elle était chez elle ! Même si ce chez elle n'était qu'un très modeste appartement…

Elle resserra autour d'elle la ceinture de son peignoir et tenta de discipliner ses cheveux. Sa tenue manquait un peu de dignité… Elle parvint tout de même à regagner un semblant d'assurance.

— Je ne plaisante pas. Sortez d'ici !

2.

— Où est-elle ?

Maya, prise de court, se mit instinctivement sur la défensive.

— Elle ? Qui ça, elle ?

Elle jouait les innocentes ? C'était irritant au possible, mais Samuele devait reconnaître que ce qui l'agaçait le plus c'était sa propre réaction à la vue de celle qui lui barrait l'entrée. Il s'était retrouvé paralysé par un afflux d'hormones digne d'un adolescent…

Ou d'un homme resté trop longtemps célibataire ?

La dernière explication lui convenait mieux : au moins, ce type de manque était facile à combler. Le sexe était un besoin comme un autre. Rien de compliqué là-dedans, tant qu'on ne s'illusionnait pas sur l'existence de sentiments. Il n'était question que d'attirance physique, et cette pulsion-là, même forte, ne durait jamais plus de quelques semaines.

Samuele déglutit péniblement : ces yeux immenses, ces cheveux bouclés en désordre… Il l'imagina avec lui dans un lit… et fronça les sourcils avec irritation. Ah, il fallait faire taire sa libido et se concentrer !

— Vous ne croyez pas que nous devrions continuer cette conversation à l'intérieur ?

Maya fut prise de panique.

— Non ! Vous n'entrerez pas !

Samuele s'arrêta net, le temps de comprendre ce qui

se passait : les deux bras en croix, elle s'appuyait sur le chambranle de la porte pour lui barrer le chemin ! Il ne s'attendait certes pas à pareille détermination…

— À quoi est-ce que vous jouez ? demanda-t-il sans pouvoir se retenir d'une certaine admiration.

Elle croyait vraiment pouvoir l'arrêter avec ses… quoi, cinquante kilos ?

Maya, les lèvres serrées, continua à le défier. Elle n'avait pas bougé d'un pouce mais commençait à comprendre la futilité de sa résistance. Il aurait pu l'écarter d'une seule main ! Le plus inquiétant était peut-être qu'à cette idée sa respiration s'accélérait… Sous le couvert protecteur de ses longs cils, elle le détailla : cette inquisition ne lui révéla rien qu'elle ne sache déjà. Il avait le physique d'un dieu grec qui aurait fréquenté une salle de musculation. Enfin, en l'occurrence, il s'agissait plutôt d'un dieu italien !

Donc, elle en était toujours au même point : elle posait son regard sur lui et instantanément se liquéfiait…

— Violetta !

Il avait haussé le ton pour être entendu dans tout l'appartement. Maya gronda : il allait réveiller Mattio ! Un seul Agosti était déjà assez difficile à gérer et celui-ci était bien trop costaud pour être bercé !

— Ça va… Violetta n'est pas ici, admit-elle, mais…

— Et Mattio ?

— Il n'est pas ici non plus.

Elle avait répondu trop vite et Samuele rétorqua :

— Vous mentez très mal. Je me fiche de savoir qui d'autre est chez vous, du moment que je peux récupérer mon neveu.

— Mais personne d'autre n'est chez moi !

L'esprit de Samuele lui représentait un amant lové dans

ses draps, et celui-là, il n'aurait vraiment aucun scrupule à le tirer du lit !

— Ah bon ? Alors vous vous baladez toujours en peignoir dans la journée ?

Maya rougit, comprenant l'allusion.

— Vous n'avez pas à vous mêler de ma vie sexuelle !

Et c'était aussi bien dans la mesure où elle n'en avait aucune. Mais peut-être sa vie deviendrait-elle intéressante s'il s'en mêlait…

Avant qu'il n'abaisse ses cils incroyablement longs sur son regard, elle y saisit une lueur troublante. Cela n'avait duré qu'une seconde et, déjà, il décrétait fermement :

— Je peux rester campé là aussi longtemps qu'il le faudra.

— Non, ce n'est vraiment pas possible.

— Je…

Il s'arrêta : le cri qu'il venait d'entendre était poussé par un bébé.

— Oh ! non ! Regardez ce que vous avez fait !

Maya lui décocha un regard noir. Elle avait pressé ses mains l'une contre l'autre comme si elle priait pour que Mattio se rendorme, et Samuele ne songea même pas à en profiter pour entrer. Finalement, Maya poussa un soupir de soulagement.

— Je crois qu'il s'est rendormi…

— Je ne partirai pas sans lui.

Le visage de son interlocuteur était déterminé, sa voix dure. Elle détailla ses traits sculptés qui le faisaient ressembler à un ange déchu : pommettes hautes, joues creusées, mâchoires ombrées d'une barbe naissante qui rehaussait la sensualité de ses lèvres…

— Donc, reprit-il, c'est là que vous m'invitez à entrer…

— Et sinon quoi ? Vous entrez de force ? Je peux appeler la police…

Le regard de Samuele erra un instant sur l'entrebâillement de sa chemise de nuit satinée, et Maya ne put retenir un frisson d'excitation.

— Faites donc, je vous en prie ! rétorqua-t-il avec un sourire ironique. Si Violetta n'est pas ici, je suis certain que la police trouvera cette situation intéressante.

Maya n'avait pas considéré les choses sous cet angle… Elle réfléchit et s'aperçut qu'elle n' avait pas de solution. Serrant les dents, elle libéra l'accès et, sans un mot, Samuele entra, la frôlant au passage.

— Donnez-vous la peine d'entrer, dit-elle sèchement, le sarcasme masquant son appréhension devant l'homme dont la haute stature envahissait son petit salon.

Samuele détailla le modeste espace où trônait à une époque un mannequin drapé de tissu. Ce dernier avait été relégué sur le côté pour faire place à une poussette et des paquets de couches pour bébé. Mais l'objet qui retint son attention fut un lapin en peluche, tombé à terre. Il sentit sa gorge se serrer au souvenir de son frère, qui, en lui montrant le jouet, lui avait annoncé qu'il allait devenir père.

« Tu vas être père ? » s'était enquis Samuele, ravi.

« Si j'en ai le temps, avait répliqué son frère, l'air sombre. Le cancer est revenu, Sam. Je commence la chimio la semaine prochaine. Donc cet enfant va avoir besoin de toi… »

« Tu seras là pour lui ! Tu as triomphé de cette saleté une première fois, tu vas recommencer. »

« Bien sûr… »

Ils avaient fait semblant, se cachant la vérité jusqu'à la dernière minute. Parfois, Samuele songeait que c'était son jeune frère qui l'avait protégé et non l'inverse.

Maya vit un muscle se contracter sur sa joue alors qu'il se baissait pour ramasser la peluche. Un bref instant, elle discerna comme une expression de vulnérabilité sur son visage et elle éprouva ce qui ressemblait étrangement à de l'empathie. Mais elle ne pouvait pas se le permettre ! D'ailleurs, quand il se releva, ses yeux n'étaient pas ceux d'un homme cherchant la sympathie : ils étaient durs.

— Donc, où se cache Violetta ?

— Elle ne se cache pas, avoua-t-elle en baissant la tête, incapable de soutenir la froideur de son regard. Elle est… sortie.

— Oh ! pour aller où ? Et quand compte-t-elle rentrer ?

Il s'était tranquillement installé sur une chaise, étirant ses longues jambes, en homme qui a tout son temps. Maya dut refréner un élan de panique.

— Je ne sais pas. Ni où elle est, ni quand elle rentrera.

Elle devait lui paraître pitoyable…

— Vous me semblez ne pas savoir grand-chose. Mais très bien, je vais l'attendre.

— Il n'en est pas question ! J'attends moi-même quelqu'…

Elle s'interrompit au son d'un long cri amplifié par le babyphone posé sur la table basse.

— Oh non ! Il s'est vraiment réveillé !

Elle écarquilla les yeux : Samuele avait bondi et partait vers la chambre. Que faire ? Se jeter sur lui ? Que ferait Bea ? Elle ne le laisserait pas prendre l'enfant… Mais Beatrice n'était pas là et il était temps que Maya mène ses propres combats. Plus jamais elle ne cèderait au harcèlement.

Prestement, elle devança Samuele, se planta devant la porte et lui fit face, main levée, comme si cela pouvait suffire à arrêter l'ouragan qui fonçait vers elle. Oui, cet homme était bel et bien un ouragan, il avait en lui cette force primaire.

— Je pose mes règles, décréta-t-elle.

Il sembla tomber des nues.

— Pardon ?

— Règle numéro un, si Mattio se rendort, interdiction de le réveiller… s'il vous plaît.

Elle retint son souffle, appréhendant sa réaction. De nouveau, l'image de ses mains autour de sa taille, la soulevant comme une plume, vint faire intrusion dans son esprit.

Elle s'éclaircit la gorge.

— Il est difficile à endormir, reprit-elle.

Samuele hocha la tête devant son expression suppliante.

— D'accord.

Le soulagement de Maya ne semblait pas feint.

— Alors, à quoi joue Violetta ? demanda-t-il. Quel plan tordu êtes-vous en train d'échafauder, toutes les deux ?

— Désolée de ruiner votre théorie du complot, mais il n'y a aucun plan, et nous ne faisons rien « toutes les deux ».

— C'est pourtant votre sœur ?

Le fait qu'elle semble parfaitement sincère sous ses airs sexy la rendait bien plus dangereuse que sa pin-up de sœur, extrêmement toxique sous sa façade glamour.

— Ma demi-sœur, en fait.

— Si elle s'est précipitée chez vous pour vous laisser le bébé, vous devez être proches.

— Je ne l'avais jamais vue avant hier soir, répondit Maya, laissant échapper un petit rire.

Aussi invraisemblable que cela paraisse, Samuele était enclin à la croire : ce qu'elle disait sonnait vrai.

— Alors elle vous manipule : typique.

— Mais non, enfin ! Ne déformez pas mes propos !

— Quand est-elle partie ?

Qu'il sache ou non la vérité ne ferait aucune différence.

— Je l'ignore, avoua-t-elle en fouillant dans sa poche pour lui tendre un mot. En me réveillant, j'ai trouvé ceci… Elle semble désespérée.

Samuele déchiffra la note et choisit l'italien pour proférer une insulte bien sentie, qu'il traduisit plus poliment :

— Désespérée, non, mais elle est assez vicieuse pour vous le faire croire.

— Il est possible qu'elle souffre de dépression post-natale. Les jeunes mères ont besoin de soutien, vous savez.

Pourquoi prenait-elle la peine de lui faire la leçon ? Il ne connaissait sans doute pas le sens du mot « soutien », songea-t-elle en lui décochant un regard de mépris.

— Elle vous a laissé son fils sur les bras et vous la défendez quand même… Vous ne la connaissez vraiment pas.

— J'en sais assez sur elle, et surtout sur vous !

Le regard sombre de Samuele se rétrécit subitement et se fixa sur elle. Maya rougit.

— Ah ? Ma réputation me précède, à ce que je vois.

Le lent sourire qui s'épanouit sur ses traits virils parut à Maya aussi inquiétant que son aptitude à lire dans ses pensées.

— Et donc, poursuivit-il, qu'a dit la mère absente à mon sujet ? Non, ne vous donnez pas la peine de répondre, je le sais déjà. Mais vous devriez prendre du recul par rapport à ses déclarations.

— Vous lui donnez sans doute l'impression qu'elle n'est pas à la hauteur.

— Vous ne seriez pas en train de projeter sur elle ce que vous ressentez en ce moment, par hasard ?

Furieuse, Maya releva le menton en un geste de défi.

— Je me sens parfaitement à la hauteur ! Personne, pas plus vous qu'un autre, ne me fera croire le contraire.

Sa réaction était exagérée et trahissait une vulnérabilité… qui ne le concernait pas, conclut Samuele, irrité de s'être presque attendri.

— Je n'ai jamais dit que vous n'étiez pas à la hauteur, précisa-t-il en promenant le regard sur son corps mince avant de le poser sur son ravissant visage, encadré de boucles soyeuses en désordre. Vous me faites une tout autre impression.

Elle était le genre de beauté sur laquelle les hommes se retournaient, mais il y avait quelque chose de plus en elle : une détermination, une fierté qu'il ne pouvait s'empêcher d'admirer.

Désarçonnée par sa réponse, Maya recula malgré elle.

Quelle impression lui faisait-elle donc ? Ah, cela n'avait aucune importance, se dit-elle en rajustant la ceinture de son peignoir. De toute façon, il ne la connaissait pas. Relevant les yeux, elle affronta son regard presque calmement.

— Vous n'êtes pas venu parler de moi. Que voulez-vous ?

Il soupira et se passa la main dans ses cheveux.

— Je viens voir Mattio. Il est bien dans cette chambre ?

Elle lui jeta un regard noir.

— Le voir ? Non, vous êtes ici pour l'emmener et je ne vous laisserai pas faire !

Le ton de sa voix reflétait plus d'assurance qu'elle n'en ressentait vraiment. Comment pourrait-elle l'arrêter ?

— Je n'ai pas fait mystère de mes intentions, et si j'étais vous, je n'imaginerais même pas me menacer de la loi. Si vous appelez les autorités, je ne sortirai certes pas d'ici avec Mattio, mais il sera confié à la protection des mineurs. Et quand arrivera la décision de justice qui m'accordera la garde temporaire, j'emmènerai Mattio.

— Mais Violetta est sa mère ! s'insurgea-t-elle. La justice ne donne-t-elle pas toujours la garde à la mère ?

Il eut un rire dur et lui décocha un regard de pitié.

— C'est souvent le cas, mais avec certaines mères, ce serait dangereux, ne croyez-vous pas ?

— Violetta n'est pas ici pour se défendre.

Maya savait d'expérience que les mots pouvaient devenir des armes : un commentaire désobligeant ici, une moquerie là, et les gens ne vous voyaient plus de la même façon.

— Justement, c'est là le problème, rétorqua sèchement Samuele. Elle a laissé son bébé entre les mains d'une inconnue, et qui plus est dans un pays étranger. Cela peut faire sourciller les juges.

— À l'étranger ?

— Mattio est italien. C'est un Agosti !

— Violetta aussi, par mariage.

— Ça risque de ne pas durer, si Charlie obtient ce qu'il veut. Charlie est le prochain prétendant dont elle espère vider les comptes, expliqua-t-il avec un mince sourire.

— Je refuse de vous écouter, dit fermement Maya.

— Parce que la vérité fait mal ?

— Parce que vous déformez tout.

— Moi ? protesta-t-il, levant les mains en signe d'incrédulité. Voilà une femme qui abandonne son bébé…

— Elle devait se sentir horriblement mal !

— Vous avez décidé de la considérer comme une victime, mais moi, je vous assure que Violetta est tout sauf cela. Écoutez, Mattio ne relève pas de votre responsabilité.

— Il ne s'agit pas seulement de responsabilité, c'est…

Elle serra les poings, luttant pour trouver les bons mots.

— De quoi s'agit-il, alors ?

Maya s'obligea à le regarder droit dans les yeux, sachant que l'expérience allait être inconfortable.

— Il s'agit d'amour. Un enfant a besoin d'être aimé, désiré. Et vous ne voulez pas vraiment de lui !

— Vous allez m'apprendre ce que je veux, à présent ?

— Vous voulez simplement tout contrôler.

Samuele afficha un sourire qui n'atteignait pas ses yeux. S'il parvenait à contrôler ses désirs primaires, ce serait déjà bien. Mais mieux valait ne pas s'aventurer sur ce terrain…

— Vous avez vraiment gobé l'histoire de Violetta…

— Je n'ai rien gobé du tout ! rétorqua Maya. Je ne

suis ni crédule ni stupide. Cela vous arrangerait bien que je le sois !

Samuele étudia son visage empourpré. Il était évident qu'elle croyait en sa version des faits et il eut du mal à dominer sa frustration. Mais il devait garder son calme. Il avait échafaudé quantité de scénarios pour récupérer Mattio, mais ceux-ci impliquaient la présence de Violetta, qu'il connaissait par cœur.

La femme qui se tenait devant lui, eh bien… C'était autre chose. Elle était pour lui un mystère, la plus grande inconnue d'une équation qu'il maîtrisait d'habitude parfaitement. Elle semblait décidée à ne jouer ni de son charme, ni de sa silhouette, alors qu'il lui aurait suffi de battre des cils pour ensorceler n'importe quel homme. Il ne comprenait pas qu'elle néglige cet atout… Au lieu de le séduire, elle tentait de le convaincre, utilisant des arguments biaisés avec autant d'entêtement qu'une mule ! S'il n'avait eu mieux à faire, il aurait été tenté de déchiffrer l'énigme que représentait Maya Monk, mais son instinct lui criait de se montrer prudent : il n'était pas immunisé contre le genre d'ennuis que causerait pareille femme. N'empêche qu'elle était incroyablement belle, mystérieuse et désirable…

Comment était-il possible d'avoir en même temps une folle envie de l'embrasser et de la… Il secoua la tête, maudissant sa propre stupidité. Tout aurait été bien plus facile si elle n'avait pas été sincère, et le fait qu'elle soit si complètement dénuée d'artifice le mettait mal à l'aise.

Son malaise s'accrut en voyant un sourire de triomphe s'épanouir sur le visage de Maya.

— Et la mère de Violetta ? s'écria-t-elle soudain. Elle pourrait s'occuper de Mattio en attendant que sa fille revienne ?

C'était un compromis qu'elle proposait.

— Pourquoi me regardez-vous bizarrement ? reprit-elle.

— Il s'agit de votre mère aussi, si j'ai bien compris.

— Nous ne nous voyons pas. Olivia a sa propre famille.

— C'est dur d'être rejeté, commenta Samuele.

Elle tressaillit : il lisait trop bien en elle, décidément.

— Je n'ai rien d'une victime. J'ai une vraie famille.

— Tant mieux. Parce que votre mère biologique est morte il y a six mois.

3.

Il eut l'impression de voir défiler sur son visage, en quelques secondes, l'histoire entière de la vie d'une fleur : le bouton, l'épanouissement, la fanaison... Et il s'en voulut terriblement de lui infliger cela.

— Désolée, murmura Maya, je n'en savais rien.

C'était elle qui s'excusait, alors que c'était lui qui mettait un point final à ses espérances ?

— Ne soyez pas désolée, elle ne m'était rien.

Il l'avait peu connue. Assez cependant pour la savoir vaine et égoïste, traits qu'elle avait transmis à sa fille.

— Oh ! à moi non plus, avoua Maya. Enfin, je veux dire que nous n'avions pas de relations. Elle n'a pas souffert ?

Samuele ne connaissait pas les détails. Il savait seulement qu'elle était morte des complications qui avaient suivi une opération de chirurgie esthétique mal menée. Il ouvrait déjà la bouche pour l'apprendre à Maya quand il croisa son regard anxieux.

— Non, s'entendit-il dire, elle n'a pas souffert.

Il vit une expression de soulagement se peindre sur son visage avant qu'elle ne baisse la tête et que la masse de ses boucles ne vienne masquer son expression.

Voilà qu'il avait menti pour soulager quelqu'un, et le sentiment que cela lui procurait, bien que très nouveau, n'était pas désagréable.

— C'est un détail que votre sœur a oublié de partager avec vous avant de vous laisser son enfant sur les bras…

Maya soupira.

— Elle était bouleversée. Elle devait croire que je le savais.

Alors même qu'elle tentait d'excuser Violetta, Maya songeait à tous les moments où sa demi-sœur aurait pu lui apprendre la triste nouvelle. Elle fut aussitôt honteuse d'une telle pensée mais ne put dissimuler le doute dans sa voix lorsqu'elle reprit :

— Oui, elle était désespérée.

Samuele jeta un regard désabusé autour de lui.

En effet, Violetta devait être aux abois pour consentir à passer la nuit dans un logis aussi modeste.

— Vous ne me paraissez pas totalement naïve, dit-il tout en songeant qu'être idéaliste était pire. Donc, je vous prie de me croire lorsque je vous affirme que tout ceci était soigneusement planifié, *cara*. Elle vous a mystifiée…

— C'est ridicule !

Mais l'était-ce vraiment ? De petits détails de leur soirée revenaient à l'esprit de Maya. Elle n'y aurait pas repensé s'il n'avait pas semé les germes du doute en elle.

— Je l'ai vue, elle était tellement… Pourquoi quelqu'un comme elle chercherait-elle à…

Les yeux de Maya s'agrandirent soudain.

— Vous m'avez appelée comment ? lâcha-t-elle.

Pas Mia, en tout cas, fit une petite voix malicieuse dans sa tête, tandis qu'il haussait les sourcils, affectant une innocence étonnée qui ne trompait personne. Pas elle, en tout cas. Car Samuele Agosti était tout sauf innocent…

Sur ses lèvres, le mot tendre avait été comme une goutte de miel liquide, qu'elle avait eu envie de goûter. Rien que le fait d'y penser mettait le feu à ses sens.

— Elle ne va pas revenir, vous en êtes bien consciente ?

Étonnamment, le visage de Samuele affichait une expression de sympathie. Maya refusait de se laisser influencer par les paroles de son visiteur. Mais s'il avait raison ? Contre son gré, la suspicion grandissait en elle.

— Je ne partirai pas sans Mattio, reprit Samuele fermement.

« Je ne partirai pas sans Maya. » Soudain, elle avait revu son père et sa gorge s'était serrée d'émotion. Il se tenait à côté d'elle, dans cette chambre d'hôpital où on lui conseillait de rentrer chez lui en attendant que le plâtre qui enserrait le bras de Maya puisse être retiré. Le service était débordé, et cela pouvait prendre plusieurs heures… Il avait décidé de rester et elle en était tellement heureuse !

Elle leva les yeux sur Samuele. Il n'y avait aucune ressemblance entre son père, dégingandé, barbu, les cheveux toujours en désordre, et cet homme de haute stature, si incroyablement séduisant. Pourtant, ils avaient quelque chose en commun…

— Je n'ai pas dit oui.

— Laissez-moi le voir.

Elle allait refuser, mais le regard de Samuele ressemblait tant à celui de son père… Elle se vit acquiescer, non pas à cause d'une expression fugace dans les yeux de cet homme qu'elle ne connaissait pas, mais bien parce qu'elle ne pouvait physiquement s'y opposer. Elle lui ouvrit la porte de la chambre. Les rideaux étaient tirés, la douce lumière de la veilleuse perçait à peine l'obscurité. Debout dans l'embrasure de la porte, elle le vit se diriger vers le couffin. Maya n'aurait pas pensé qu'il puisse hésiter devant qui que ce soit, mais pourtant elle le vit ralentir le pas devant l'enfant endormi. Elle l'apercevait de profil, et la lumière tamisée soulignait le côté sculptural de ses traits. Peut-être l'éclairage jouait-il aussi sur son expression car ce que Maya voyait, ou croyait voir, était un regard hanté…

Elle eut presque l'impression d'être de trop. Elle recula, quittant la pièce sur la pointe des pieds. La dernière chose dont elle avait besoin était de ressentir de l'empathie pour cet homme. C'était déjà suffisant de l'avoir comparé à son père, qui avait été son héros. À vrai dire, c'était presque une trahison.

Et donc il n'était pas question d'admettre que le monstre décrit par Violetta était peut-être un peu moins monstrueux que prévu… Si elle devait éprouver de l'empathie, ce ne serait pas pour lui mais pour l'enfant, victime innocente d'un conflit familial.

De plus, sa conscience la tourmentait. En dépit de sa défense vigoureuse de Violetta, elle ne parvenait toujours pas à ressentir le moindre sentiment pour sa demi-sœur…

Autant profiter de ce que Samuele était avec l'enfant pour se changer. L'image que lui renvoya le miroir de sa chambre lui confirma le bien-fondé de cette décision. Mal fagotée dans son peignoir, les cheveux décoiffés… Ce n'était pas ainsi qu'elle pourrait tenir tête à Samuele Agosti. Si seulement elle avait pu prendre une douche ! Mais ce n'était pas le moment. Bien sûr, si Samuele cherchait à partir avec le bébé, elle l'entendrait, les murs étaient minces comme du papier… De toute façon il ne se conduirait pas ainsi. Et qu'est-ce qui le lui prouvait ? Rien. Une simple intuition. Elle se déshabilla vite, dans l'intention d'enfiler un sweat et un jean.

Samuele sortit de la petite chambre, luttant contre l'immense tristesse qui s'était emparée de lui en contemplant l'enfant que son frère n'avait pas connu. On lui avait appris tout jeune que la vie était injuste et qu'il fallait la vivre quand même, mais injuste à ce point ! Il n'avait pas su protéger Cristiano… Dieu lui était témoin qu'il allait protéger son fils, quoi qu'il en coûte. Un bruit lui fit tourner la tête et par la porte de l'autre chambre, légèrement entrouverte, il aperçut une silhouette gracieuse et dénudée, accroupie devant le dernier tiroir d'une commode. On aurait dit une déesse telle qu'on les représentait à l'époque Arts déco, mais celle-ci était de chair, parfaite dans la douce plénitude de ses courbes.

Il détourna vivement la tête, mais il n'était pas près d'oublier cette image…

Maya sortit un sweat de sa commode et le déposa sur le lit, à côté de son jean. Puis elle se lava rapidement le visage, se brossa les dents, s'habilla, hésita à discipliner la masse désordonnée de ses cheveux et se contenta de les nouer en un chignon bas. Soudain un petit gémissement lui parvint.

On dirait que Mattio s'est encore réveillé…

Elle sortit en coup de vent et tomba sur Samuele. Il la regarda intensément.

— Pourquoi me dévisagez-vous ainsi ?

Il ne fallut à Samuele que deux enjambées pour la rejoindre et, sans la lâcher du regard, il avança la main. Avant qu'elle ait pu réagir, il avait effleuré le coin de sa bouche.

Pendant un instant suspendu, leurs yeux restèrent rivés. Maya frémit, et elle aurait tout donné pour le dissimuler. Le simple contact de sa main l'avait bouleversée. *Imagine un peu ce que tu aurais ressenti s'il t'avait embrassée*, souffla une petite voix narquoise, dans sa tête.

Oh ! elle le savait… Elle avait gardé tout au fond d'elle-même le souvenir d'un presque baiser, et il revint la hanter.

— Il restait une trace de dentifrice, expliqua Samuele.

Elle porta la main à sa bouche. Elle aurait dû, maintenant qu'elle était habillée, éprouver plus de confiance en elle, mais le regard pénétrant de Samuele semblait se jouer de toute protection vestimentaire.

— Oh ! d'accord… Merci.

Elle se secoua avant d'ajouter vivement :

— Il faut que j'aille m'occuper de Mattio.

Samuele la suivit des yeux alors qu'elle entrait dans la chambre. Il l'entendit calmer le bébé avec des mots tendres, puis elle sortit avec son neveu dans les bras.

— Pourriez-vous mettre le matelas à langer sur le canapé ? demanda-t-elle en désignant l'objet roulé à côté des couches. Oui, déroulez-le, merci.

Une fois Mattio installé, elle lui ôta son pyjama et joua avec son petit pied potelé avant de le changer, puis de le rhabiller. Tout au long de l'opération elle avait parlé à l'enfant qui semblait l'écouter attentivement.

— Vous vous en sortez bien, fit remarquer Samuele d'un ton pensif, songeant qu'il était bien moins capable qu'elle et que le voyage de retour risquait d'être compliqué.

— Oh ! ce doit être la chance des débutants… Mais j'ai une nièce, admit Maya, un peu plus âgée que Mattio. Beatrice, ma sœur, attend déjà le deuxième.

— Donc, vous avez été toutes deux adoptées ?

Elle secoua la tête.

— Non, Beatrice est arrivée un an après mon adoption, une sorte d'enfant du miracle : mes parents se croyaient stériles…

— Vous avez dû être jalouse…

Elle sourit, pas vexée le moins du monde de cette suggestion qui, comprit-il, avait dû lui être faite plus d'une fois.

— Non, nos parents nous ont fait comprendre que chacune était chère à leur cœur. Beatrice est ma meilleure amie.

Un muscle joua dans la mâchoire de Samuele.

— Faites en sorte qu'elle ne l'oublie jamais, s'entendit-il dire.

Dans les yeux de Maya, il lut une sorte de sympathie, et

lui qui ne s'expliquait jamais ressentit pourtant le besoin d'ajouter d'une voix abrupte :

— Parce que je ne pourrai plus jamais dire à mon frère qu'il était mon meilleur ami.

— Il devait le savoir, ne croyez-vous pas ? Certaines choses n'ont pas besoin d'être dites.

La douceur du regard de Maya, tout le contraire d'un regard ennemi, le déstabilisa. Est-ce qu'ils en étaient à se comprendre mieux, et même à se rapprocher peut-être ? Non, cela serait bien trop dangereux. Il fallait changer la direction que prenaient ses pensées.

— Peut-être. Après tout, mon frère savait que sa femme le trompait mais n'a jamais voulu en parler.

Une fois cependant, au restaurant, ils avaient surpris la conversation d'un groupe qui évoquait à mi-mot l'infidélité de Violetta. Mais Cristiano avait coupé court à toute discussion.

« Je sais que tu ne me comprends pas, mais il s'agit de ma vie et j'aime ma femme. »

Le sujet avait été clos, pour toujours.

Irritée par la réflexion de Samuele sur la trahison de Violetta, Maya lança :

— Vous n'abandonnez jamais !

— J'ai effectivement cette réputation, répondit-il sans se troubler, lui décochant un sourire sarcastique.

Serrant les dents, Maya se tourna vers le bébé qui, toujours sur le canapé, jouait avec ses pieds et faisait des bulles, visiblement content de son sort.

— Pouvez-vous le surveiller ? Je vais lui préparer un biberon.

Elle ne s'attarda pas assez pour le voir hocher la tête.

Samuele s'approcha de l'enfant. Chaque fois qu'il avait tenté de venir le voir, Violetta avait eu une bonne raison de repousser la visite. Peut-être n'avait-il pas suffisamment insisté, et, de ce fait, il était un étranger pour son neveu.

Quand Maya revint avec le biberon tiédi, elle trouva Samuele agenouillé auprès du bébé qui tenait un de ses doigts bien serré dans son petit poing rose. Le contraste entre le long doigt d'adulte et le poing potelé de l'enfant était amusant, mais ce qui retint l'attention de Maya fut une griffure rouge sur le visage de Samuele.

Ce dernier se releva, comme pris en faute.

— Il a des ongles un peu longs, dit-il alors qu'elle le fixait.

Ce n'était pas à Mattio qu'il devait cette égratignure, songea Maya. Existait-il pareilles traces sur son dos ? L'imaginer ainsi, submergé par la passion, laissait un goût amer dans sa bouche.

— Il n'est pas le seul, visiblement, répliqua-t-elle.

— Ce n'est pas ce à quoi vous pensez…

Elle prit le bébé dans ses bras pour s'installer dans un fauteuil et cacher le rouge qui lui montait aux joues : encore une fois il avait lu en elle…

— Vous n'avez pas la moindre idée de ce à quoi je pense, grommela-t-elle, se concentrant sur le bébé qui happait goulûment la tétine de sa petite bouche rose.

Samuele avait très bien compris à quoi elle pensait, mais il s'abstint de répondre jusqu'à ce que le biberon soit vide et que Maya ait placé l'enfant contre son épaule, lui tapotant doucement le dos.

— Cela s'est produit à la lecture du testament, expliqua-t-il en touchant la marque du doigt. Il y en avait d'autres mais elles se sont effacées. Violetta n'a pas apprécié d'apprendre qu'elle perdait tout contrôle sur l'argent de Cristiano. D'après elle, avoir été sa femme lui donnait des droits sur ses biens, et je lui ai volé ce qu'elle croyait acquis. S'enfuir avec Mattio fait partie de son plan pour me le faire payer.

— C'est une accusation abominable ! s'exclama Maya, horrifiée. Vous ne reculez devant rien pour arriver à vos fins.

— J'ai des témoins, y compris le notaire…

Elle secoua la tête, comme pour refuser la vérité, mais Samuele comprit que le doute s'insinuait en elle. Elle installa le bébé dans son petit transat.

— Il y a toujours plusieurs versions d'une histoire.

— C'est juste mais vous ne voulez en entendre qu'une, répliqua Samuele avec un soupir de frustration. Pourquoi êtes-vous décidée à voir en moi le méchant de l'histoire ? Et comment croyez-vous que j'aie trouvé votre adresse ?

Le pli entre les sourcils dessinés de Maya s'intensifia.

— C'est Charlie qui m'a renseigné, reprit-il. Le petit ami de Violetta qui tient absolument à l'épouser et, Dieu seul sait pourquoi, à mettre sa fortune entre ses mains ! L'imbécile…

— Donc, vous ne voulez pas qu'un autre homme élève l'enfant de votre frère ?

— À vrai dire, c'est Charlie qui ne veut pas élever l'enfant d'un autre. Ni aucun enfant, d'ailleurs… Il ne voit pas pourquoi il endosserait une responsabilité qui l'empêche de vivre à sa guise. Et c'est donc lui, poursuivit-il, voyant les certitudes de Maya se fissurer, qui m'a dit où trouver Mattio. Ça l'arrangerait vraiment que je me charge de lui. Mais vous allez décréter que c'est encore un de mes vicieux mensonges. Donc je vous suggère d'appeler la veuve joyeuse afin qu'elle confirme ma version des faits.

— Je ne peux pas l'appeler, elle a laissé son portable ici.

— Maligne… Allons, il est temps d'affronter la vérité.

S'il prenait l'enfant, songea Maya, il serait très difficile à Violetta de le récupérer. Si seulement elle pouvait revenir chercher son fils en cet instant même !

— Puisque vous savez où elle se trouve, en compagnie de ce… Charlie, appelez-le, et ensuite, passez-la-moi. Je suis sûre que depuis qu'elle est partie elle se sent…

Maya se trouva à court de mots. Comment pouvait-elle imaginer l'état d'esprit d'une femme qui venait d'abandonner son enfant ?

— Coupable, sûrement, reprit-elle. Du coup, il faut lui parler doucement, ne pas la braquer.

— Vous me croyez incapable de tact ?

La grimace de Maya arracha malgré lui un rire à Samuele. Et cette réaction inattendue eut sur elle un effet immédiat, qu'elle chercha à cacher sous une expression froide et désapprobatrice. Même si, au fond d'elle-même, elle n'avait ressenti que trouble et chaleur…

— Cela n'a rien d'une blague.

Le sourire de Samuele s'effaça aussitôt.

— Non, en effet, répliqua-t-il en sortant son portable. Je vais mettre le haut-parleur, ainsi, lorsque vous me trouverez trop dur, vous pourrez voler à la rescousse de Violetta.

Maya sentait bien le sarcasme dans ses paroles, mais elle ne voyait pas ce qu'il espérait en appelant Violetta. Comptait-il la rudoyer verbalement jusqu'à la faire céder et qu'elle lui confie l'enfant ? À cette idée, les instincts protecteurs de Maya remontaient à la surface, et pourtant, elle ne connaissait cet enfant que depuis quelques heures. Si on donnait la vie, être séparé de son bébé devait être comme perdre une partie de soi-même, non ?

— Comprenez-le, un enfant a besoin de sa mère, argumenta Maya, cherchant en vain sur le visage de Samuele une étincelle de compréhension.

Cet homme était un bloc de granit, inattaquable.

— Ça dépend de la mère… Je ne sais pas à quel point vous connaissiez Olivia, mais croyez-moi, vous étiez bien mieux loin d'elle. Regardez ce qu'elle a fait de Violetta…

— Je ne suis pas le sujet de notre conversation, être abandonnée ne m'a pas traumatisée.

Elle se mordit la lèvre en le voyant hausser les épaules. Autant son visage était indéchiffrable, autant le moindre mouvement de ses larges épaules trahissait toute une gamme d'émotions. Soudain, elle le vit qui la fixait comme précédemment, de cette façon intense et dérangeante.

— Qu'y a-t-il encore ? reprit-elle.

Samuele levait déjà la main, mais il la remit prestement dans sa poche. La dernière fois qu'il avait touché sa bouche...

— Vous avez... du sang sur la lèvre.

Il avait fait une fois la bêtise de la toucher. S'il recommençait, il ne serait qu'un impardonnable idiot.

Et Samuele avait toujours détesté les idiots. Bien sûr, il ne pouvait s'empêcher de suivre avec fascination le mouvement de sa langue qui léchait la petite goutte de sang sur sa lèvre pleine, mais ça ne comptait pas... N'avait-il pas su maîtriser tout à l'heure l'envie de remplacer son doigt par sa bouche ? La dévorer du regard n'allait pas troubler sa paix intérieure et, de toute façon, il ne voulait pas repartir d'ici en paix avec lui-même, il voulait juste repartir avec Mattio.

La tension était devenue palpable et, pour la dissiper, Maya désigna du menton son téléphone.

Il composa un numéro et posa le portable sur la table basse, haut-parleur activé. On décrocha. Une voix masculine se fit entendre, avec en arrière-plan un rire féminin voilé.

— C'est Samuele. Passe-moi Violetta, veux-tu, Charlie ?

Il y eut un silence à l'autre bout du fil.

— Samuele ! Ça fait plaisir de t'entendre... mais en fait... je ne peux rien pour toi, elle n'est pas là.

— Oh ! bon sang, passe-moi le téléphone et tire-toi ! lança la voix agacée de Violetta dans le haut-parleur.

On entendit une porte claquer et elle reprit :

— Nous sommes seuls. Comment as-tu su où j'étais ?

Sa voix ne dénotait aucune angoisse, elle était juste froide, dure et ennuyée.

— Puisque tu n'es pas avec ton fils, où pouvais-tu être ?

— Ah, tu as trouvé Mattio ! Tu as fait vite, dis donc ! Moi qui voulais te faire transpirer un peu…

Le plus choquant pour Maya était de constater que ces paroles vindicatives ne surprenaient pas Samuele le moins du monde. L'expression qui s'affichait sur son visage était… dangereuse, décida-t-elle en examinant ses traits sculptés. Le caractère impitoyable, déterminé qu'elle avait senti en lui s'exprimait clairement à l'écoute de sa belle-sœur.

Il laissa le silence s'installer avant de répondre :

— Tu y es parvenue.

Du regard il chercha Maya, qui semblait atterrée. Il s'en voulait de lui infliger cela, mais il fallait qu'elle entende, qu'elle comprenne. La vérité était brutale, ouvrir les yeux faisait mal, mais c'était moins dangereux que de rester dans l'ignorance. Comment Maya pouvait-elle encore croire que tout le monde était bienveillant ?

— J'espérais que tu allais souffrir plus longtemps, reprenait la voix de Violetta, teintée d'inflexions mauvaises. Parce que tu le mérites, pour avoir détourné mon mari de moi et volé mon héritage. Cet argent est le mien !

Le sifflement dans la voix de Violetta faisait peine à entendre.

— J'aurais bien voulu monter ton mari contre toi, mais il t'est resté loyal jusqu'au bout, reconnut Samuele.

La lassitude et le désespoir qui imprégnaient ces paroles touchèrent enfin Maya : il avait raison, Violetta lui avait joué la comédie et elle y avait cru…

— Je sais que tu veux me faire payer, mais ton plan n'est-il pas un peu compliqué ? lança Samuele.

— Si je m'étais cachée en Italie, tes contacts m'auraient

retrouvée illico. Et de toute façon, je voulais venir à Londres pour me faire coiffer. Mon styliste est vraiment une perle !

Un rire qui évoqua à Maya le tintement d'un verre brisé résonna avant que Violetta ne poursuive :

— Et au moins, à Londres, j'avais une baby-sitter toute trouvée… J'ai un peu hésité entre enlever Mattio et faire mettre le feu à ton château mais, finalement, te priver de Mattio, c'était mieux. Je t'avais dit que tu regretterais de m'avoir spoliée. Et ne te réjouis pas trop vite, la prochaine fois, j'élaborerai un plan encore plus inventif, ajouta Violetta, impitoyable.

— Cristiano t'a laissé de quoi vivre confortablement, rétorqua Samuele en luttant pour ne pas laisser transparaître le dégoût qu'il ressentait. Tu n'as pas besoin de la part de ton fils.

— C'est vrai que j'ai de quoi vivre, grâce à toi, d'ailleurs, qui as bien conseillé ton frère pour ses investissements. Et il faisait toujours ce que tu lui disais de faire. N'empêche que la moitié qui revient à Mattio équivaut à une vraie fortune.

— Une fortune qui appartient à ton fils…

— Et mon fils m'appartient. Mais puisque tu l'as trouvé, je pourrais envisager de t'en laisser la garde.

— Ce qui me coûterait combien ?

— Oh ! mon cher beau-frère, rengaine tes sarcasmes. Tu tiens les cordons de la bourse, mais moi, je tiens Mattio, donc sois plus aimable ou je pourrais changer d'avis.

— Je t'écoute…

— Tu as rencontré la petite erreur de maman, à ce que je comprends. Maman disait qu'elle ne chercherait pas à s'immiscer dans nos vies, mais elle n'avait pas prévu que sa fille puisse un jour se révéler utile…

Affligé par tant de cruauté, Samuele évita de regarder Maya.

— Viens-en au fait !

— Je vois mon avenir en compagnie de Charlie.

— Et de ses millions, ajouta Samuele avec mépris.

— Tu me connais assez pour savoir que je n'épouserais pas un homme sans le sou… Ça m'arrange que tu prennes Mattio avec toi pour le moment. Charlie n'a aucune passion pour les bébés, mais je pourrai peut-être le faire changer d'avis. Je te laisse y réfléchir…

Sur ces paroles, elle raccrocha.

Après toute conversation avec Violetta, Samuele ressentait le besoin impérieux d'une douche, comme pour se purifier. Cette fois ne faisait pas exception. Il s'aperçut que Maya avait quitté la pièce, mais il ne savait pas à quel moment, ni ce qu'elle avait entendu de la fin de leur conversation.

Il l'aperçut dans la cuisine, la tête baissée, vaincue. Ses cheveux ramenés en chignon révélaient la ligne élégante de son cou. Elle ne se retourna pas à son entrée, mais la tension de son corps lui montra qu'elle avait noté sa présence.

— Je ne sais pas ce que vous avez entendu, commença-t-il.

— Assez pour savoir que vous aviez raison. Elle s'est servie de moi.

Maya luttait pour garder une voix neutre et ne pas laisser percer sa honte. D'ailleurs, pourquoi s'apitoyait-elle sur elle-même alors que la seule personne qui importait était l'enfant ? Elle reprit :

— Je présume que vous voulez que je prépare ses affaires ? Vous êtes content, vous avez gagné ? Je me demande si l'enfant vous intéressera encore après cette victoire !

En proie à une bouffée de colère, elle n'avait pu retenir son agressivité. Croyait-elle à ce qu'elle disait ? Pas forcément, mais elle n'allait pas le laisser triompher, et elle ressentait le besoin de se défouler pour chasser sa souffrance.

Les muscles du visage de Samuele se raidirent sous l'insulte, et il blêmit. Elle mettait son intégrité en doute, sous-entendait qu'il n'avait aucun sens moral ! Bien des hommes de sa connaissance réussissaient parce qu'ils étaient dénués de scrupules, mais ce n'était pas son cas.

Quand leurs regards se trouvèrent, il ne lut aucun mépris dans celui de Maya, juste un mélange de tristesse et de douleur. Une douleur si profonde qu'il dut prendre sur lui pour s'en détacher… Sa propre colère retomba, laissant place à une culpabilité vague, complètement irrationnelle.

— Cet enfant n'a pas de père et, même si je m'en occupais, cela ne changerait rien à cet état de fait.

Le regard de Maya s'adoucit et une profonde compassion se peignit sur son visage.

— Je suis navrée… Votre frère a dû mourir très jeune.

Il vit qu'elle retenait ses larmes. Était-ce un handicap d'avoir un tel degré d'empathie ?

— Il a lutté, pour son fils, mais la maladie a eu le dessus. C'est l'homme le plus courageux que j'aie connu.

Samuele s'aperçut qu'il n'avait jamais parlé à personne de son frère ni de sa dernière bataille. Pourquoi s'en ouvrait-il à Maya ? Il évita de répondre en étouffant un juron.

— Quand j'ai perdu mon père, j'ai ravalé mes sentiments, mais quand j'ai pu enfin en parler…, commença Maya.

Il la coupa d'une voix si glaciale que la température de la pièce parut s'abaisser d'un coup.

— J'apprécie les confidences mais pas au point de…

— Message reçu.

S'il pensait qu'exprimer ses émotions était un signe de faiblesse, tant pis pour lui. C'était pour le bébé qu'elle s'inquiétait. S'il devait être élevé par un homme qui lui apprenait à tout refouler… Seigneur, cette pensée était vraiment déprimante !

Elle avait été abandonnée, elle aussi, mais jamais elle n'avait douté de l'affection de sa famille adoptive. Elle avait appris à exprimer ses sentiments, et c'était ce qui lui avait permis de survivre aux manœuvres destructrices d'Edward.

— Qu'est-ce que vous direz à Mattio plus tard sur sa mère ?

— S'il ne tenait qu'à moi, je l'effacerais de sa vie.

La déclaration était glaçante. Même si elle pouvait comprendre Samuele, Maya ne partageait pas son point de vue radical… Cependant, ce qu'il révélerait à l'enfant ne la concernait pas.

— Mais ne vous a-t-elle pas donné la garde de son fils ?

Comme s'il était un bagage encombrant… C'était pour cela qu'elle avait quitté la pièce lors de la conversation entre Samuele et Violetta. Si elle était restée, elle aurait fini par attraper le téléphone et hurler aux oreilles de sa demi-sœur…

— Rien n'est jamais simple avec Violetta. Cela l'arrange que je ramène Mattio avec moi en Italie, pour le moment. Mais cela ne veut pas dire qu'elle va renoncer à ses droits. Et une fois qu'elle aura passé la corde au cou de Charlie… Eh bien, disons qu'elle saura se montrer persuasive, conclut-il, songeant sans doute à la bataille juridique qui s'ensuivrait.

— Il vaudrait mieux que ce soit vous qui éleviez Mattio, admit Maya. N'importe qui ferait mieux qu'elle.

— Vous savez tourner un compliment, répliqua-t-il en levant un sourcil sarcastique.

Mais sa voix s'était réchauffée et le sourire qui s'épanouissait sur son visage donnait à Maya l'envie de sourire en retour. Elle ne put se retenir qu'en se levant.

— Je vais préparer ses affaires.

4.

Mattio s'était assoupi. Maya le recouvrit tendrement d'une petite couverture, puis elle ramassa les affaires du bébé.

Samuele n'était pas fier de lui : comment pouvait-il, dans un moment pareil, apprécier le spectacle que Maya lui offrait en se penchant pour récupérer une peluche égarée sous la table basse, ses fesses moulées dans son jean ? Il se racla la gorge.

— J'ai réfléchi.

Elle se retourna à demi et leva la tête pour le regarder, révélant un voile de dentelle recouvrant des seins crémeux.

— Accompagnez-nous, lâcha-t-il brusquement.

Le plus sensé aurait pourtant été de mettre un océan entre cette femme et lui, pensa-t-il, piqué par l'aiguillon du désir. Il ignora cette voix inopportune qui suggérait qu'il avait perdu le contrôle de ses sens. Samuele savait qu'il devait maîtriser ses pulsions. Son père et son frère avaient laissé leurs appétits les diriger, ce qui les avait perdus. Samuele, lui, menait sa vie avec une fermeté intransigeante. La moindre émotion se trouvait muselée d'une main de fer.

Maya se redressa brusquement, laissant tomber la peluche.

— C'est une plaisanterie, n'est-ce pas ?

— Non. Mais… vous avez pleuré ? dit-il en s'approchant, le cœur étrangement serré.

Maya était toujours sur la défensive lorsque quiconque

pouvait assimiler sa délicatesse à de la faiblesse. Elle détestait qu'on la couve, qu'on pense qu'elle méritait un traitement de faveur. Et pour lutter contre ce paternalisme, le mensonge était une arme comme une autre.

— Pas du tout !

— Pourtant, vous semblez…

— Non ! Et pourtant, il y aurait eu de quoi !

Était-ce le fait qu'elle ait été abandonnée qui faisait surgir en elle cet intense et douloureux besoin de protéger Mattio ?

— Très bien, vous n'avez pas pleuré, concéda Samuele en haussant les épaules. Je vais préparer notre voyage de retour.

Maya ne put retenir sa curiosité.

— Pour aller où ?

Elle avait tort de lui accorder tant de place dans ses pensées. Il s'insinuait déjà bien assez dans ses rêves… Elle frissonna. Leur première rencontre n'avait rien eu de bouleversant et, pourtant, ces instants s'étaient gravés dans son esprit. Cette voix qui lui parlait pendant son sommeil, l'effleurement de ses lèvres qu'elle avait dû imaginer, mais qui la réveillait en pleine nuit… Il ne l'avait pas réellement touchée, n'est-ce pas ?

À présent, le destin les avait réunis, et Mattio serait à jamais un trait d'union entre eux.

— Nous partons pour la Toscane, près de Florence. Le domaine appartient à notre famille depuis des générations.

Avec toutefois une interruption qui avait décidé de son sort, se rappela Samuele. Quand il avait appris que son père, pour satisfaire aux caprices de sa seconde épouse, vendait la collection d'art qui était le joyau de sa famille, Samuele avait abandonné ses études de médecine. La médecine était une noble vocation mais, s'il voulait récupérer le patrimoine familial, il lui fallait gagner beaucoup plus qu'un médecin. Entre les tables de jeux et les bijoux, sa belle-mère les avait presque ruinés. Il s'était donc orienté vers la finance et son ascension avait été fulgurante.

Avant que son père ne meure, il avait réussi, discrètement, par le biais de compagnies prête-noms, à récupérer soixante-dix pour cent des biens dilapidés. Après sa mort, la discrétion n'étant plus de mise, il avait agi au grand jour et, l'année précédente, leur villa florentine avait retrouvé toute sa splendeur. Il aurait aimé profiter davantage de ce succès mais, depuis la mort de Cristiano, rien ne parvenait à l'enthousiasmer. Au moins, à présent, il savait à qui transmettre sa fortune. Il avait Mattio.

— Un avion privé nous attend, précisa-t-il d'un ton dégagé. J'ai besoin d'une nounou pour Mattio, et j'ai pensé que vous…

— Je ne suis pas nounou !

— *Dio*, je ne vous offrais pas le poste !

Mais que lui offrait-il, au juste ? De vivre quelque temps sous le même toit que lui, faisant fi des limites qu'il s'imposait en matière de relations féminines. D'ailleurs, Maya Monk n'était pas du genre à respecter les limites…

Il n'avait pas besoin d'une femme comme elle dans sa vie. En fait, il n'avait besoin d'aucune femme. Bien sûr, il avait des conquêtes, comme tout homme, mais jamais cela ne mettait en danger sa tranquillité d'esprit – ou plutôt, sa solitude, souffla une petite voix moqueuse qu'il ignora. L'isolement valait mieux que ce qu'avaient subi son père et son frère : leurs femmes respectives les avaient dépouillés avec leur bénédiction…

Les joues de Maya s'étaient enflammées. Refuser un poste qu'on ne lui offrait pas la mettait au comble de l'embarras.

— J'ai fait erreur, admit-elle en levant fièrement son petit menton. Mais on aurait bien dit que vous me le proposiez.

Elle tenait visiblement à avoir le dernier mot… Le regard de Samuele se posa sur sa bouche sensuelle. Jamais il ne choisirait Maya Monk pour nounou, surtout si celle-ci devrait partager son espace de vie… Car vivre avec Maya sans coucher avec elle serait un véritable supplice. Non, il lui fallait quelqu'un de solide, dégageant une aura réconfortante. Pouvait-il trouver cela en passant une petite annonce ?

— Je n'ai aucune expérience des enfants, avoua-t-il. Donc, voyager avec un bébé… ce serait compliqué. Il va me falloir du temps pour trouver une bonne nounou, donc je pensais qu'entre-temps vous pourriez m'aider. Je vous ai vue vous occuper de Mattio. Vous savez y faire, et il est bien avec vous.

Et il comptait sur son grand cœur pour accepter sa proposition …

— Ce n'est pas une nounou que vous voulez, mais de la main d'œuvre gratuite ! s'indigna Maya.

— J'ai besoin d'une faveur. Et le salaire n'est pas un problème. Votre prix sera le mien.

Croyait-il pouvoir l'acheter ?

— Je ne suis pas à vendre, rétorqua-t-elle avec dédain.

Elle devait bien être la seule dans ce cas…, songea Samuele.

— Ça va compliquer les choses, mais si c'est ce que vous voulez, je ne vous rémunèrerai pas.

Elle lui jeta un regard acéré.

— Et d'après vous, le simple fait d'être une femme me donne les compétences nécessaires pour m'occuper d'un bébé ?

— Mais non, je vous ai vue à l'œuvre ! Décidément, vous ne savez pas vous vendre.

— Je ne le cherche pas, répondit-elle d'une voix un peu rauque. Et je me moque de ce que vous pouvez penser de moi, vous ou n'importe qui d'autre ! Ma propre opinion me suffit !

Sa réaction était très exagérée, elle s'en rendait bien compte, mais elle ne vit pas l'expression songeuse qui traversait soudain le visage de Samuele.

Il ne fallait pas être grand clerc pour comprendre que quelqu'un avait un jour détruit sa confiance en elle. Maya s'en était remise parce qu'elle était forte, mais les cicatrices étaient bien là. Il avait connu des hommes lâches, capables d'infliger aux femmes ce genre de traumatisme. Il aurait aimé mettre la main sur celui qui…

Samuele s'exhorta au calme. Inutile de se monter contre un inconnu qui avait sans scrupule profité de la nature passionnée qu'il devinait en Maya et ruiné sa vie affective. Lui n'était pas ce genre d'homme.

— En fait, c'est à Mattio que vous rendriez service, précisa-t-il. C'est une affaire de semaines… Cela le rassurerait d'être avec vous, plutôt que de se retrouver avec une inconnue.

Même une menteuse aussi invétérée que sa demi-sœur pouvait dire la vérité à l'occasion, songea Maya alors que les mots de Violetta lui revenaient en mémoire.

« Tu ne sais pas de quoi Samuele est capable… »

— Je suis insensible au chantage affectif, sachez-le pour la suite. Enfin, je ne veux pas dire qu'il y aura une suite…

Elle eut conscience de s'embourber. Cette situation absurde lui faisait perdre pied, lui donnant l'impression qu'il existait une intimité entre eux, ce qui n'était pas le cas.

— Désolé, c'était un coup bas, reconnut-il.

Elle vit une expression étrange passer sur ses traits. Était-ce de la culpabilité ? Elle devait se tromper car il n'était pas dans la nature de Samuele de regretter quoi que ce soit. Si une tactique échouait, il en essayait une autre…

— Votre aide me serait précieuse mais vous n'avez pas besoin de m'apprécier, déclara-t-il, confirmant l'hypothèse de Maya. Si votre départ pose problème à votre employeur, je m'en occuperai. Me promettez-vous d'y réfléchir ?

Il semblait sincère… Elle comprit qu'elle perdait la bataille quand elle sentit sa colère s'évaporer.

— Vous me laissez combien de temps pour réfléchir ?

Il regarda sa montre.

— Cinq… non, plutôt quatre minutes.

Il lui décocha un sourire à faire fondre un iceberg et elle éclata de rire, incrédule.

— J'apprécierais vos conseils pour le choix d'une nounou, dit-il, comme si cela suffirait à la décider.

Maya prit une profonde inspiration.

— Je ne peux pas…

Sa voix avait tremblé. Elle était épuisée, et le stress des dernières vingt-quatre heures la rattrapait d'un coup.

— Vous allez bien ?

Il s'avança, prêt à la soutenir au cas où ses jambes se seraient dérobées, ce qui n'était pas exclu, vu son état de lassitude. Elle fit un effort surhumain pour se reprendre :

— Je me sens parfaitement bien… Merci…

— Vous êtes en train de faire un malaise vagal. Asseyez-vous…

Il la saisit par les épaules et la fit allonger sur le sofa, les jambes légèrement relevées.

— Je ne m'évanouis jamais, dit-elle en fermant les yeux.

Tout lui semblait noyé dans le brouillard et elle n'eut pas même la force de réagir lorsqu'elle sentit ses doigts sur son poignet.

— Vous avez un peu dormi, la nuit dernière ? s'enquit Samuele en prenant son pouls.

Il semblait à Maya que le moment où elle avait ouvert à sa demi-sœur se perdait dans la nuit des temps. Ses souvenirs se mêlaient en un kaléidoscope d'images floues.

Elle avait encaissé un choc après l'autre et son épuisement n'était pas seulement dû au manque de sommeil…

Quand Samuele lui présenta une tasse de thé, elle se rendit compte qu'elle ne l'avait même pas vu sortir de la pièce.

— Buvez, lui intima-t-il. Vous pourrez dormir dans l'avion.

Elle lui jeta un regard méfiant et but une gorgée.

— Je ne peux pas tout laisser tomber, mon travail…

Sa voix s'évanouit. Elle attendait d'un jour à l'autre son licenciement, car sa société devait faire des économies.

— Où travaillez-vous ?

— Je dresse des vitrines dans un grand magasin.

— Ah ? J'ai pourtant vu vos dessins…

Elle avait quelques cartons à dessins derrière la petite table d'architecte, pliée pour ne pas tenir de place.

— Ma sœur Beatrice et moi voulions lancer notre propre marque, mais elle est retournée vivre avec son mari et sa fille. Pour démarrer une entreprise, il faut des capitaux. Donc, en attendant, je travaille pour d'autres, mais j'aime ce que je fais.

— Votre sœur est mariée et mère de famille, mais cela l'empêche-t-il de travailler ?

— Ça lui ferait trop de transport… Elle vit à San Macizo.

— Donc, reprit-il, vous avez une nièce, et un neveu. Et vous feriez n'importe quoi pour votre nièce, n'est-ce pas ?

— Évidemment ! répliqua-t-elle, indignée qu'on puisse en douter.

Mais jamais Sabina ne serait abandonnée… Ses parents l'aimaient trop pour cela. Alors, pourquoi Maya ne serait-elle pas prête à tout pour son neveu qui n'avait pas cette chance ? Elle se sentit soudain plus légère.

— Je vous aiderai…

Tout irait bien, se dit-elle, délivrée du poids de l'indécision. Il suffirait qu'elle se souvienne de ne pas trop s'attacher à son neveu car il faudrait le quitter un jour. Quant à l'oncle de Mattio… eh bien, il n'y avait pas de risque à ce niveau-là. Mais il faudrait qu'elle réfrène l'élan qui la poussait vers lui. L'attirance qu'il exerçait sur elle pourrait la mener à commettre des sottises.

Comme par exemple le fait de partir en Italie avec un homme que tu connais à peine, pour t'occuper d'un bébé alors que tu n'as pas la moindre compétence en la matière…

5.

Maya avait du mal à se défaire d'un sentiment d'imposture, bien que le personnel de bord s'en remette à elle pour tout ce qui concernait le bébé. Mais celui-ci, bien qu'un peu grognon pendant le vol – il devait faire ses dents – se portait bien et ne posait pas le moindre problème.

Samuele avait passé la majeure partie du vol enfermé dans une cabine où elle supposait qu'il travaillait. Il n'était apparu qu'avant l'atterrissage pour lui demander d'un air plutôt goguenard si elle avait bien dormi.

Avait-elle donc l'air si mal en point ?

— Il fait ses dents, répliqua-elle avec froideur, désignant du menton le bébé qui venait de s'assoupir.

— Oh…

Samuele sembla pris de court et cela fit plaisir à Maya : elle n'allait certainement pas lui avouer que, pour elle, c'était une hypothèse plus qu'une certitude !

À l'atterrissage, une machine bien huilée s'était mise en marche, et les bagages furent transférés sans encombre à bord d'un 4x4 de luxe. Le personnel semblait à l'aise avec Samuele, dont rien dans l'attitude ne suggérait qu'il exigeait d'eux une déférence particulière.

Maya, dont le système nerveux était en alerte rouge dès que Samuele se trouvait dans les parages, leur enviait cette décontraction. Elle hésita avant de monter dans le 4x4. Il aurait mieux valu qu'elle s'asseye avec le bébé à l'arrière, mais elle aurait préféré ne pas être trop près de Samuele.

— Il y a un problème ?

Son ton dénotait l'impatience. Elle remarqua qu'il s'était changé pendant le vol, et le jean noir qui moulait ses cuisses musclées semblait à Maya une raison suffisante pour ne pas s'installer près de lui.

— Je me demandais si nous allions voir Florence, dit-elle. Je n'y suis jamais allée, mais il paraît que c'est très beau.

— Un autre jour, je vous ferai une visite guidée.

— Oh ! je ne voulais pas…

— Montez, Maya.

Elle obtempéra sans plus discuter et monta à ses côtés tandis qu'on installait Mattio à l'arrière. Toutes ses craintes s'évanouirent alors, et à peine eurent-ils dépassé la ville qu'elle s'endormit.

Quand elle se réveilla, la tête appuyée contre un coussin, une couverture drapée sur elle, elle avait l'esprit trop embrumé pour se demander ce qu'elle faisait là. Samuele n'était pas dans la voiture.

Elle se frotta les yeux et regarda autour d'elle. Le véhicule était garé au bord d'une route déserte. Les arbres qui la bordaient s'étaient éclaircis pour révéler une vue panoramique. Samuele s'était donc… arrêté pour admirer le paysage ?

Elle jeta un rapide coup d'œil au bébé paisiblement assoupi à l'arrière, puis détacha sa ceinture et sortit de la voiture. Ses narines s'emplirent de l'odeur piquante de pin et de thym sauvage qui embaumait l'air. Elle rejoignit Samuele, silhouette sombre sur fond d'un ciel bleu azur.

— Oh ! mon Dieu, c'est magnifique ! dit-elle une fois parvenue à sa hauteur.

Maya prit une profonde inspiration, émerveillée par la

vue qui s'offrait à elle. Avec en toile de fond des collines pourpres, les champs ondulant sous la brise formaient un patchwork de couleurs, de l'or des blés au vert des prairies, émaillées de silhouettes d'animaux. Chaque parcelle était délimitée par des rangées de pins majestueux et de cyprès fuselés. Des rubans d'eau claire serpentaient sous le soleil. Les pentes des collines découvraientleurs rangs de vigne bien alignés.

Pendant un long moment, elle ne put articuler un mot.

— C'est... sublime, murmura-t-elle enfin.

Les mots étaient sortis tout seuls, en dehors de toute pensée consciente. Elle émit un petit rire embarrassé et leva les yeux vers Samuele. Il ne regardait plus le paysage, mais la fixait avec une intensité qui la fit frémir.

— Cela doit vous paraître stupide, mais...

— Pas du tout. Certaines personnes mettent toute une vie à comprendre un paysage comme celui-ci. Et d'autres ne le comprendront jamais, ajouta-t-il, le visage soudain assombri.

— Quand serons-nous... chez vous ? demanda Maya.

— Nous y sommes, dit-il, ouvrant les bras comme pour embrasser les arpents de terre qui s'étendaient devant eux. Nous sommes sur le domaine depuis une vingtaine de minutes et le village est tout près. Vous pourrez voir la maison dès que nous aurons passé ce bosquet.

— Je ne me doutais pas que c'était... aussi vaste, reconnut Maya, qui ignorait tout de la fortune des Agosti. Vous possédez tout cela ?

— Ma famille a pris soin de cette terre durant de longues années et elle nous l'a bien rendu, à nous et à beaucoup d'autres. Jusqu'à récemment.

— Récemment ? répéta Maya intriguée, se demandant s'il faisait allusion à la mort de son frère.

— Mon père a pressé tout le jus qu'il pouvait de cette

terre et a vendu le reste, pour que sa femme puisse voyager en jet privé et se livrer à son passe-temps favori : le jeu, répondit Samuele d'un ton las. Après la mort de mon père, elle a trouvé une nouvelle fortune à piller…

— Vous dites « sa femme », ce n'était donc pas votre mère ?

— Ma mère est morte. La deuxième épouse de mon père est la mère de Cristiano. Je me souviens qu'elle l'adorait bébé, mais dès qu'il a passé l'âge de la pouponnière, elle l'a délaissé, comme un colifichet passé de mode.

L'effet apaisant de cette terre qu'il aimait tant s'évapora tandis qu'il expliquait ce qu'était l'émotion destructrice que son père appelait « amour ». Même à la toute fin, alors que son père savait pertinemment que sa femme adorée enchaînait les liaisons, il la défendait encore. Et puis Cristiano avait suivi le même chemin, au grand désespoir de Samuele.

— Le devoir de mon père envers cette terre, envers ses fermiers et sa famille, il l'a sacrifié au nom de l'amour, cette folie…

Sa voix était calme, égale, mais malgré ou peut-être même à cause de cette retenue, Maya pouvait sentir son émotion poindre sous chaque syllabe.

— Mais, cette terre, vous dites qu'elle est à vous à présent ?

— J'ai racheté ce qu'il avait vendu dès que j'en ai eu les moyens, et la propriété a retrouvé sa splendeur d'antan.

Pour le reste, il avait l'espoir de récupérer bientôt les dernières statues romaines sacrifiées par son père qui rejoindraient la collection familiale, digne d'un musée.

— Eh bien, cela a dû vous coûter une fortune !

Elle avait parlé spontanément et rougit de sa maladresse.

— Excusez-moi, bredouilla-t-elle, je ne voulais pas être indiscrète…

Mais, à son grand soulagement, il parut plus amusé qu'offensé.

— Ce n'était pas précisément bon marché, non, *cara*… mais je suis banquier d'affaires, ma spécialité est de lever des fonds et le marché de la finance est extrêmement lucratif.

Il n'avait pas choisi cette voie par hasard, mais pour ce que l'activité pouvait lui rapporter, et tant pis si la satisfaction personnelle n'avait pas toujours été au rendez-vous.

Il inspira l'air parfumé tout en continuant à embrasser du regard le paysage qui s'étendait devant lui. Maya eut l'impression qu'il se laissait pénétrer par l'harmonie du lieu, rasséréné par le sentiment de la continuité familiale.

— Alors, gérer cette propriété… c'est une sorte de passe-temps, pour vous ?

Il continuait à fixer l'horizon.

— Non, c'est plutôt la finance qui en est un. Cette terre, c'est toute ma vie…

Il se retourna finalement vers elle.

— Vous êtes prête ?

Sa remarque arracha Maya à la contemplation du paysage et elle le suivit vers le 4x4 garé à l'ombre ciselée d'un cyprès.

— Votre mère doit être fière que vous ayez reconstitué le patrimoine familial, murmura-t-elle en se penchant à la portière, dont elle avait laissé la vitre ouverte.

Mattio n'avait pas bougé d'un pouce, et dormait comme un bienheureux.

— Ma mère est morte, je vous l'ai dit, je crois.

— Je vous demande pardon, je…

— Oh ! elle est peut-être fière, là où elle se trouve, répliqua-t-il avec un sourire, en lui ouvrant la portière. C'est à peine si je me souviens d'elle…

Parfois, pourtant, un souvenir refluait, ravivé par une odeur ou un objet familier.

— Du reste, ma vie n'a pas manqué longtemps de présence féminine, ajouta-t-il, assez sèchement pour éviter tout attendrissement. Ma mère était à peine partie que j'avais déjà une belle-mère et, quatre mois plus tard, un demi-frère.

Les yeux élargis par la surprise, elle se tourna vers lui.

— Quatre mois ?

Il l'aida à s'asseoir dans le très confortable siège de cuir.

— Oui, mon père, bien que marié, avait une liaison. Qui l'eût cru ? ironisa-t-il. En fouillant dans ses papiers, j'ai trouvé des documents juridiques datés de la veille de la mort de sa femme, établissant qu'il avait demandé le divorce. Ce fait n'a pas été révélé lors de l'enquête sur le décès de ma mère, sans doute pour qu'on puisse conclure à une overdose accidentelle et non à un suicide…

La façon posée dont il racontait ce terrible épisode était presque plus choquante que l'affaire elle-même, et elle se demanda s'il avait pu surmonter ce traumatisme.

— Je suppose qu'il y a des choses dont ne peut jamais être sûr, dit-elle prudemment.

Quand on connaissait cette histoire, les idées de Samuele sur le mariage et sur les femmes n'avaient rien de surprenant.

Leurs regards se croisèrent, compatissant pour Maya, sombre et dur, pour Samuele.

— Je sais, moi, dit-il fermement, que ma mère s'est donné la mort : par dépit et parce qu'elle se moquait bien de ce qu'elle pouvait laisser derrière elle, moi, en l'occurrence.

Ces mots-là, il les avait ressassés bien des fois dans sa tête, mais jamais il ne les avait prononcés à voix haute.

La pitié qu'il pouvait lire dans les yeux de Maya était la cause de cet aveu. Il se demanda ce qu'elle pouvait avoir de si particulier pour qu'il lui en dise davantage, en l'espace de quelques heures, qu'il n'en avait jamais dit à quiconque.

— J'en suis navrée…

— Je n'ai pas besoin de votre pitié, lâcha-t-il.

— Tant mieux, car ce n'en est pas. Il y a une différence entre la compassion et la pitié. Vous êtes en colère car vous avez vécu ce suicide comme un abandon. Mais le fait que votre mère n'ait pu se résoudre à vivre n'implique pas forcément qu'elle ne vous aimait pas.

Il monta dans le véhicule à son tour, et fit marche arrière avec brusquerie, le regard fixe, écrasant l'accélérateur. Un nids-de-poule faillit faire bondir Maya hors de son siège.

— Désolé, s'excusa Samuel, le revêtement de la route doit être refait. Si nous étions entrés dans la propriété par l'autre accès, cela aurait été plus… confortable à tous points de vue.

En dépassant le bosquet qui masquait la propriété, il lança à Maya un coup d'œil en biais. Il aimait bien voir la réaction de ceux qui découvraient le *castello*.

Elle faillit hoqueter de surprise quand elle vit l'imposant édifice aux quatre tours carrées et le chemin de ronde crénelé qui les joignait entre elles.

— Mais vous vivez dans un palais ! s'exclama-t-elle.

— Un château, tout du moins. Ma famille habite le *Castello di Agosti* depuis le XIII⊠ siècle, à l'exception d'une courte période pendant la Seconde Guerre mondiale, où il a été utilisé comme hôpital. Mais tranquillisez-vous, ajouta-t-il avec un sourire en coin, on n'y n'a jamais vu de fantôme !

— Je ne m'en inquiétais pas !

Mais, bien sûr, à présent, elle y pensait…

— Il y a… des armures ? s'enquit-elle d'une petite voix.

— Quelques-unes, un peu poussiéreuses. Je vous rassure, vous disposerez de tout le confort, j'ai veillé à moderniser le *castello* tout comme le village. Je me rappelle encore la tête de mes fermiers lorsque je leur ai parlé de nouvelles méthodes agricoles plus écologiques… Ils ont été vite convaincus. Nous avons une stratégie à long terme, ici.

Ils roulaient à présent sur une large allée, au milieu d'un parc luxuriant. À un endroit où l'allée se divisait, Maya aperçut des chevaux dans un pré.

— Il y a quelques années, notre haras avait une réputation mondiale, commenta Samuele. Nous commençons tout juste à remettre sur pied un programme d'élevage à petite échelle.

Il semblait pourtant à Maya que rien ici ne pouvait être « à petite échelle ». Tout était digne d'être admiré, des jardins en terrasse avec leurs cascades de fleurs aux fontaines à la sobre beauté classique.

Ils passèrent une arche de pierre un peu à l'écart du château et pénétrèrent dans une cour gravillonnée, entourée de bâtiments en pierre que Samuele appela « les communs ». La voiture s'arrêta et un petit groupe s'avança pour les accueillir : deux jeunes hommes en veste blanche et pantalon noir, qui commencèrent à décharger les bagages, et une femme replète au sourire charmant, Gabriella, que Samuele lui présenta comme la gouvernante, puis un autre jeune homme, son secrétaire particulier, visiblement.

Pendant que la gouvernante, très émue, s'attendrissait sur Mattio, Samuele et son secrétaire se mirent à discuter tranquillement. Maya voyait avec étonnement le banquier d'affaires se métamorphoser. Ici, il n'était plus un citadin pressé, mais le seigneur du château, bien plus détendu qu'elle ne l'aurait imaginé.

— J'ai pas mal de choses à faire, je vous verrai au dîner, lui dit-il. Gabriella va s'occuper de vous…

— Je… je ne m'attendais pas à ce que vous vous occupiez de moi, bredouilla-t-elle gauchement.

— Vous êtes notre invitée, lui répondit-il en inclinant la tête.

C'était peu de chose, des mots de bienvenue assez banals, mais une certaine lueur dans ses yeux fit frémir Maya.

— *Notre* invité ? balbutia-t-elle, est-ce que… Seriez-vous marié ?

Cette idée faisait souffler en elle un vent de panique. Elle se maudit de ne pas avoir posé la question plus tôt.

— Pas que je sache, répondit-il, pince-sans-rire. C'est juste une façon de parler.

Depuis le début, Maya n'avait pas d'idée claire sur ce qu'allait être son rôle, et elle s'attendait plus ou moins à être logée dans les quartiers des domestiques. Encore qu'à en juger par ce qu'elle entrevoyait, les communs ici méritaient bien cinq étoiles…

Mais Gabriella, après lui avoir offert de porter Mattio, ce que Maya refusa, la conduisit au château par une entrée dérobée donnant sur les communs. Elles passèrent un couloir voûté menant à un escalier monumental dont le palier s'ouvrait, de chaque côté, sur une galerie.

— Les fresques se trouvent dans l'aile ouest, indiqua Gabriella. Ici, nous sommes dans l'aile est.

Maya hocha la tête en silence.

Lorsqu'elle atteignit la suite qui lui avait été réservée, la gouvernante lui fit d'abord visiter la chambre d'enfant attenante, tout à fait charmante avec son décor bleu et jaune citron. Une mini-cuisine contenait suffisamment de lait maternisé pour une dizaine de bébés.

— Tout est câblé, pour que vous puissiez entendre le petit de partout, lui précisa Gabriella en la faisant passer dans le salon garni de meubles anciens.

Elles parvinrent dans la chambre, dotée d'un balcon, d'un lit à baldaquin et d'un ravissant mobilier féminin.

Mais ce fut la salle de bains qui, surtout, l'impressionna. Elle était assez vaste pour contenir deux lavabos, une large baignoire en cuivre visiblement conçue pour être partagée, un insert installé dans une cheminée de pierre et une douche à l'italienne avec autant de boutons que le tableau de bord d'une navette spatiale.

Maya posa le siège de Mattio sur le sol en marbre et alla respirer quelques huiles essentielles dans leurs flacons de cristal disposés sur une étagère. Puis, comme elle passait la main sur une pile de draps de bain moelleux, elle se dit que décidément il ferait bon vivre ici.

En attendant, il était temps de nourrir Mattio.

— Alors, bébé, lui murmura-t-elle en retournant avec lui dans la nurserie, que penses-tu de tes nouveaux appartements ?

6.

Quand on frappa discrètement à la porte, Maya s'éloigna du miroir. Elle n'avait pas mis de robe de soirée dans sa valise. Il fallait faire avec ce qu'elle avait et le choix, ce soir, était entre une mini-robe orange et une autre en soie d'un bleu turquoise éclatant, plus habillée. Elle avait opté pour cette dernière. Ses fines bottines à talons hauts étaient tout à fait élégantes, et la faisaient aussi paraître plus grande. Elle avait laissé ses cheveux dénoués.

La jeune fille qui avait frappé portait la même sorte d'uniforme informel que le reste du personnel : un chemisier blanc sur un pantalon sombre.

— Bonsoir, lui dit gentiment Maya.

La jeune fille rougit violemment et les mots se bousculèrent dans sa bouche :

— Je… je suis Rosa, je viens garder le bébé.

— Très bien.

Maya s'écarta pour lui permettre d'entrer.

— Il dort, lui dit-elle. Vous… vous êtes sûre que…

Rosa ne se trompa pas une seconde sur les causes de son hésitation. Elle savait que sa jeunesse pouvait faire douter de ses compétences.

— Après l'école, j'ai travaillé dans une crèche pendant un an, expliqua-t-elle. Je commence des études d'infirmière le mois prochain et je suis l'aînée de sept enfants…

Elle est bien plus qualifiée que moi pour s'occuper d'un bébé, songea ironiquement Maya.

— Oh ! eh bien, c'est formidable… Je vous ai écrit quelques instructions, au cas où il se réveillerait.

Elle lui tendit la feuille où elle avait griffonné ses notes.

— Merci, lui dit Rosa. Voulez-vous que j'appelle pour qu'on vous conduise à la salle à manger ?

Cette offre, Maya l'aurait acceptée avec gratitude si elle ne venait de décider, à l'instant, de ne pas y aller du tout !

— En fait, non. Est-ce que l'on pourrait plutôt me monter un sandwich ? demanda-t-elle.

La jeune fille parut surprise.

— Je me sens un peu fatiguée et je n'ai pas faim, expliqua Maya. Alors un sandwich serait parfait…

Rosa acquiesça, s'efforçant de ne pas montrer qu'elle prenait cette étrange invitée pour une folle, et sortit.

Lorsqu'elle eut refermé la porte, la tension qui raidissait les épaules de Maya s'évanouit. Elle se dit qu'elle avait pris une sage décision. Il lui fallait se convaincre que son attitude n'avait rien d'une reculade, car elle s'était bien promis de ne jamais plus faire machine arrière, une fois sa confiance en elle restaurée. Elle ne voulait pas que la tactique insidieuse de son beau-père, qui lui répétait quotidiennement qu'elle ne valait rien, puisse continuer à la détruire. Elle prétendait en être complètement remise, mais les réflexions de Samuele sur son refus de se faire aider pour sa future entreprise avaient soulevé en elle des interrogations qu'elle ne parvenait pas à mettre de côté. Elle ne regrettait pas d'avoir repoussé les offres de Beatrice et de Dante, mais il existait d'autres solutions, telles que les prêts spéciaux aux jeunes créateurs d'entreprise. Elle avait bien étudié son dossier et fait toutes les recherches nécessaires, mais finalement elle avait renoncé, à la dernière minute : elle ne voulait pas se retrouver criblée de dettes avant même de commencer. La vérité, c'était qu'elle avait peur. Elle entendait encore son beau-père lui répéter qu'elle n'arriverait jamais à rien.

Et ce soir ? Elle était réticente à laisser Mattio seul, c'était vrai. Mais n'était-ce pas un prétexte pour éviter un tête-à-tête avec Samuele ? Pour sa défense, Maya se racontait qu'elle n'était pas à blâmer ; la proximité de Samuele l'épuisait, parce qu'elle ne pouvait pas baisser sa garde un seul instant. Elle ne savait pas exactement de quoi elle se protégeait en le tenant à distance, mais il fallait qu'elle le fasse. C'était vital.

Ce soir, elle n'avait pas le courage de lui faire face. Elle avait redouté ce moment toute la journée, et se sentait plus détendue depuis qu'elle avait pris sa décision. Le bourdonnement à ses tempes, annonciateur d'une migraine, n'avait pas disparu, mais il s'était tout de même assourdi.

Samuele serait probablement soulagé de son absence. Assurer la conversation ne semblait pas faire partie de ses passe-temps favoris. Elle-même n'était pas ici pour cela, donc éviter les mondanités était une bonne chose. Les papillons dans le ventre, le mélange d'excitation et d'angoisse, tout cela n'était pas de mise et serait plutôt embarrassant. Sa venue en Italie n'avait rien d'une escapade romantique…

Que venait-elle faire ici, d'ailleurs ? Elle avait rapidement abandonné l'idée de trouver une définition à son rôle auprès de Mattio. Quant à celui qu'elle devait jouer auprès de Samuele, elle préférait ne pas y penser !

Bon, il n'y avait plus qu'à espérer que le cuisinier serait généreux sur la taille du sandwich parce que Maya avait menti : elle mourait de faim.

Combien de temps était-elle restée perdue dans ses pensées, elle n'en savait rien mais, quand on frappa à la porte, elle n'avait toujours pas retiré ses bottines. Elle ouvrit en grand, prête à réceptionner le sandwich, sûrement apporté sur un plateau d'argent, mais son sourire s'effaça : derrière le domestique poussant un chariot chargé de victuailles se tenait la haute silhouette de Samuele.

— Oh !

Samuele avait choisi de s'habiller d'une façon informelle mais le résultat était spectaculaire : un jean noir qui moulait ses hanches étroites et une chemise de lin bleu pâle.

Sur le seuil, Samuele résista au désir qu'il avait de contempler Maya, et il se mit à bavarder tranquillement avec le domestique. Certes, elle l'attirait, mais il gardait un absolu contrôle sur lui-même.

Maya, décontenancée par la tournure que prenaient les événements, se demanda avec ironie si elle ne ferait pas mieux de s'éclipser.

Sois forte, Maya, s'admonesta-t-elle. *Tu dis toujours qu'il faut affronter ses peurs*

Mais elle chassa de son esprit cette pensée censée la galvaniser, car elle ne voulait pas savoir au juste de quoi elle avait si peur…

Elle regarda Samuele, très à l'aise. Ce comportement détendu, qu'elle avait pu observer dès son arrivée, la surprenait : elle aurait plutôt cru qu'il était un employeur autoritaire et distant, exigeant la déférence de tous.

Il était vrai qu'il n'avait rien à prouver : sûr du respect de son personnel envers lui, il n'avait pas besoin d'en exiger les marques. Maya, en le regardant faire, songeait à toutes les fois où elle avait vu son beau-père se fâcher quand les gens omettaient son titre universitaire, et elle se souvenait de sa propre gêne quand il les reprenait très sèchement : *Professeur Edward Tyler, je vous prie !*

Tout à coup, elle s'aperçut que le domestique avait recouvert la petite table installée sous la fenêtre d'une nappe blanche immaculée, avant d'y disposer le couvert. Tout cela était impressionnant, mais, plus que le cristal et l'argent, ce qui frappait Maya, c'était que cette table était dressée pour deux. Par ailleurs, elle était bien consciente de l'excitation enivrante qu'elle ressentait à la perspective de dîner en tête à tête avec Samuele. Et c'était inquiétant… Elle porta la main sur sa gorge et, sentant son pouls palpiter sous ses doigts, se demanda un instant si c'était à cela que ressemblait une crise de panique.

Il se tourna vers elle pour la première fois depuis qu'il était entré dans la pièce, tandis que le domestique sortait en refermant la porte derrière lui.

— Je lui ai dit que nous allions nous servir nous-mêmes, expliqua-t-il, se saisissant d'une bouteille dans un seau à glace avant d'en faire sauter le bouchon d'une main experte.

— C'est très…

Elle fit une pause et s'éclaircit la gorge, tandis qu'il levait vers elle un sourcil interrogateur. Maya s'efforça de terminer sa phrase aussi calmement qu'elle le put.

— … aimable de votre part, mais ce n'était pas nécessaire. J'aurais pu me contenter d'un sandwich.

Elle essayait de montrer un sang-froid, une indifférence qu'elle était bien loin de ressentir et leva les yeux vers les siens, en évitant soigneusement de s'y attarder.

— Mais pourquoi dîner seule, sans personne pour vous admirer, alors que êtes absolument ravissante ? protesta-t-il d'un air indigné.

Il sourit lentement et la détailla des pieds à la tête, faisant courir une onde de chaleur sous sa peau.

Elle eut un sourire nerveux, tandis qu'il lui tirait une chaise. Elle hésita une fraction de seconde, avant d'avancer sur ses hauts talons, ses cuisses galbées frôlant à chaque pas le tissu soyeux de sa robe.

— Je… je ne m'attendais pas à ça, reprit Maya en essayant

de ne pas s'attarder sur son odeur fraîche et masculine, alors même qu'elle sentait son souffle sur sa joue. Je ne voulais pas rester loin de Mattio, pour sa première nuit ici…

Il y avait là, au moins, une part de vérité, car en peu de temps le bébé avait réussi à se frayer un chemin dans son cœur, ce qui ne cessait de l'étonner. La logique lui disait pourtant qu'il était stupide de s'attacher ainsi : bientôt, elle s'éloignerait, et Mattio, qui n'était encore qu'un tout petit enfant, ne conserverait aucun souvenir d'elle. Mais Maya, elle, se souviendrait toujours de lui et se reprocherait de l'avoir abandonné.

Il y avait de la tristesse dans ses yeux sombres, quand elle les leva à nouveau sur Samuele. La bouteille à la main, il allait lui verser à boire.

— Non… enfin, oui… si vous voulez, bredouilla-t-elle.

Elle posa son verre et pressa la main sur sa poitrine afin de cacher qu'elle tremblait.

On dirait que tu viens de faire une découverte ! se morigéna-t-elle en pensée. *Tu as juste envie d'un homme, c'est tout.*

N'ayant encore jamais ressenti une attirance physique aussi forte, elle comprenait pourquoi les gens accordaient au désir une telle importance. Mais elle n'allait certainement pas se laisser aller !

— Désolé d'envahir ainsi votre espace privé, lui dit-il en parcourant la pièce du regard. Est-ce que votre suite vous plaît ?

— Énormément !

— Et toutes mes excuses pour les bougies…

Il regardait, amusé, les lumières vacillantes des candélabres allumés par le domestique.

— Peut-être ma demande de… dîner avec vous a-t-elle été mal interprétée, conclut-il.

Maya émit un petit rire qui, elle l'espérait, pourrait faire passer le message qu'elle avait parfaitement compris : il ne s'agissait absolument pas d'un rendez-vous galant.

— Je pensais, continua Samuele, que le dîner serait une bonne occasion de faire le point, chaque soir. Cela vous conviendrait-il ? Naturellement, si un problème survient avec Mattio, je reste disponible à tout moment. Son bien-être est ma priorité absolue.

— Bien sûr ! Je comprends.

Il était tout à fait irrationnel, au vu des circonstances, d'éprouver une légère déception, n'est-ce pas ?

— Nous n'aurons qu'à dire que c'est un dîner de travail, déclara-t-elle d'un ton qu'elle espérait professionnel.

Elle but une gorgée de vin, puis souleva la cloche qui protégeait son assiette.

— Tout cela a l'air délicieux, dit Maya avec un sourire. Mattio a bien mangé et nous l'avons installé dans sa chambre. Oh… au fait, voulez-vous que j'y dorme avec lui ?

Elle avait remarqué qu'il y avait un divan dans la nurserie.

Non, avec moi, songea-t-il, mais il préféra lui répondre :

— Non, bien sûr que non. Ce n'est pas nécessaire.

— Très bien, c'était au cas où vous auriez souhaité que…

La sonnerie du téléphone mobile l'interrompit. Une expression agacée passa sur le visage de Samuele.

— Je suis désolé, dit-il, je crois qu'il vaut mieux que je prenne cet appel.

— Je vous en prie, aucun problème…

L'anglais de Samuele était si parfait, l'accent italien si peu présent que Maya en oubliait que ce n'était pas sa langue maternelle. L'entendre s'exprimer dans celle-ci la ramena à la réalité. Il était bel et bien italien jusqu'au bout des ongles. Il aurait sans doute pu rendre sexy la lecture d'une simple liste de courses… La passion soudaine, l'urgence qui semblaient l'animer dans son échange au téléphone, étaient proprement fascinantes et lui donnaient des frissons.

Quelques instants plus tard, il remettait rageusement le téléphone dans sa poche, le visage assombri par la colère.

— Désolée… je n'ai pas compris un mot, dit doucement Maya.

Il se passa la main dans les cheveux.

— Bien sûr. Excusez-moi. Un problème avec un de mes fermiers. Quand mon père est mort, cette propriété était en faillite. Les arbres avaient été rasés sur des zones entières. Des forêts centenaires détruites pour un profit immédiat. Rien n'avait été reboisé, les terres arables étaient épuisées et le village se dépeuplait. Il n'y avait plus d'avenir pour les jeunes. Nous avons pu investir dans l'écotourisme, ce qui a commencé à porter ses fruits, mais les bénéfices ne seront pas là avant deux ans. La plupart de nos fermiers me suivent mais…

Son expression s'assombrit encore.

— … il y en a un qui s'oppose toujours à ces projets, pour des raisons que je ne comprends pas bien. Il n'est pourtant pas de la vieille école, il est jeune et ambitieux, le genre d'homme dont j'aurais cru qu'il allait nous soutenir…

— Mais ce n'est pas le cas ?

— Non, en effet. Nous avons une zone humide très importante pour la biodiversité, par ce qu'elle abrite…

Il s'interrompit et regarda Maya, comme s'il réalisait soudain à qui il parlait.

— Mais je vous ennuie avec tout ça, je suis désolé.

— Non, pas du tout ! C'est une situation compliquée…

Elle était, tout au contraire, fascinée par son amour de cette terre.

— Vous pouvez le dire. J'ai été informé de l'arrivée d'engins de chantier. Le fermier veut drainer vingt hectares de marais pour y faire paître du bétail. Apparemment, le béton pour les fondations d'une grange doit lui être livré demain. Tout ce que je m'efforce de mettre en place va être détruit pour un profit à court terme. Il faut que j'y aille demain à la première heure…

Soudain, les lumières baissèrent et s'éteignirent, laissant les flammes vacillantes des bougies éclairer seules la pièce.

— Cela ne vous rappelle rien ? dit-il d'une voix rauque.

Comme hypnotisée par son regard sombre, elle répondit, dans un souffle :

— Si, l'hôtel près de l'aéroport. Je me demandais…

— Que vous demandiez-vous, *cara* ?

Ses mots, prononcés d'une voix très basse, étaient comme une caresse.

— Vous m'avez embrassée…

Il secoua la tête, esquissant un sourire.

Maya était mortifiée. Pourquoi avait-il fallu qu'elle en parle ? Bien sûr que non, il ne l'avait pas embrassée !

— Non, ce n'était pas vraiment un baiser…

— Oh ! murmura-t-elle, soulagée que la quasi-obscurité dissimule la rougeur de ses joues.

Il s'avança d'un pas et contempla son visage, prononçant tout bas quelques mots en italien. Puis il glissa la main dans les cheveux de Maya et murmura :

— Ça, c'est un vrai baiser…

Dans le petit théâtre intime et secret de ses pensées, Samuele avait déjà dû l'embrasser plusieurs milliers de fois, mais là, c'était différent, et tellement mieux ! De son bras musclé autour d'elle, il la souleva tandis que leur baiser devenait plus exigeant, plus avide, sa faim répondant à la sienne. Quand il la reposa au sol, elle eut l'impression que ses jambes allaient se dérober sous elle.

7.

En entendant frapper quelques coups timides à la porte, Maya se raidit, puis se détendit aussitôt. La timidité n'était pas vraiment une caractéristique de Samuele, il était donc peu probable que ce soit lui. Elle ne l'avait pas vu depuis la veille.

Elle avait pris son petit déjeuner seule et avait passé sa journée à s'occuper de Mattio, le promenant dans les jardins, et regardant avec envie le vaste parc et les bois de chênes qui s'étendaient au-delà.

C'était Rosa, la jeune baby-sitter de Mattio, qui frappait à la porte. Son anglais était excellent et Maya aurait volontiers bavardé avec elle, mais il apparut vite qu'elle n'était là que pour s'occuper du bébé.

— Rafaele va vous montrer l'espace détente, lui dit-elle. Vous nagez ?

— Je… je n'ai pas de maillot.

La jeune fille eut un petit rire.

— Il n'y aura personne d'autre que vous. Mais il y a des maillots disponibles pour les invitées, vous comprenez ?

Maya comprenait trop bien. Porter le maillot de bain de l'une des « invitées » de Samuele ? Certainement pas !

— Je ne dis pas que je serais contre un brin de détente, mais Mattio n'a pas encore fait sa sieste…

La jeune fille vint s'asseoir à côté de la chaise haute

dans laquelle le bébé tendait ses petites jambes en mâchant vigoureusement un anneau de dentition.

— Le *bambino* et moi, ça ira très bien, insista Rosa. Il faut que je m'en occupe, vous comprenez… on me l'a demandé.

Maya acquiesça et Rosa parut soulagée.

— Vous voulez que j'appelle Rafaele ?

— Non, c'est inutile, je trouverai bien mon chemin.

Rosa paraissait en douter.

— La piscine est dans les soubassements du *castello*, expliqua-t-elle, dans les caves. Il y a des ascenseurs, mais ils sont dissimulés…

— Ne vous inquiétez pas, lui répondit Maya. Je me débrouillerai.

Si elle avait voulu profiter de la piscine, avec ou sans maillot, elle aurait accepté qu'on l'y emmène : le château était un vrai dédale ! Rien que pour aller prendre son petit déjeuner, elle s'était perdue deux fois… Mais nager n'était pas son intention : elle voulait explorer les bois.

Alors qu'elle traversait le parc, elle aperçut au loin le vieux jardinier et lui adressa un geste amical de la main.

C'était bon d'être en plein air, d'échapper un peu au luxe du château. Mais il était difficile à Maya de fuir ses pensées. Elle pressa le pas, essayant d'ignorer la voix qui tournait en boucle dans sa tête, et finit par piquer un sprint. *Tu peux courir,* railla la voix, *mais tu ne pourras pas te cacher…*

Elle ne ralentit pas avant d'avoir atteint les grands arbres.

À son grand soulagement, un sentier très praticable s'enfonçait dans le bois : ainsi, elle était sûre de ne pas se perdre. Cette confiance commença à diminuer lorsque le chemin se rétrécit, mais il restait toujours bien visible, même si la lumière filtrée par le couvert des arbres se faisait plus rare. Elle continua néanmoins, respirant l'odeur revigorante de l'humus qui montait du sous-bois. Plusieurs fois, elle crut entendre comme des frôlements, il lui sembla même apercevoir quelque chose à la périphérie de sa vision. Elle tourna la tête, mais ne vit rien entre les buissons.

Elle s'apprêtait à faire demi-tour, lorsque le sentier déboucha dans une clairière tapissée d'une myriade de fleurs. Maya poussa un cri de ravissement, et elle s'accroupissait pour les admirer lorsqu'elle entendit des brindilles craquer.

Elle se figea aussitôt, certaine cette fois de ne pas être victime de son imagination. Elle n'était pas seule.

— Il… il y a quelqu'un ?

Elle poussa un soupir de soulagement lorsqu'un marcassin apparut dans la clairière, adorable avec son pelage roux rayé. Maya s'approcha lentement, pour ne pas effrayer le joli petit animal.

— Bonjour, toi, tu es perdu ? Oh ! mais… bonjour à tous !

Elle s'avança, main tendue. Trois autres de ces mignonnes créatures étaient apparues, poussant de légers cris plaintifs.

Maya fouillait dans sa poche, afin de photographier toute la petite famille avec son téléphone portable, quand un grognement sourd derrière elle la fit sursauter. Elle faillit en laisser tomber le téléphone : elle se trouvait devant la version adulte, massive et menaçante, des adorables bébés sangliers.

Maya sentit ses cheveux se dresser sur sa tête. Le sanglier – était-ce la mère ? – la fixait de ses petits yeux, derrière les poils durs de son long museau. Les marcassins se mirent à couiner de plus belle. La bête fit un pas en avant, en soufflant de colère.

— Ne courez pas, Maya… N'ayez pas peur…

Samuele !

— Je… Je…

— Faites ce que je vous dis, *cara*…

Samuele s'efforçait de parler d'un ton monocorde pour ne pas énerver la mère davantage. Cependant il avait des sueurs froides, imaginant Maya piétinée, blessée par les défenses acérées de la laie en furie.

Maya s'était figée, telle une gazelle sous le regard du lion.

— Ne faites pas de bruit, ne criez pas, reprit-il avec calme, commencez à reculer doucement, très doucement vers moi…

Elle tourna la tête dans sa direction.

— Non, gardez-là à l'œil et continuez à reculer lentement… voilà, comme ça…

Maya s'accrochait à sa voix comme à une bouée de sauvetage. Calme et rassurante, cette voix l'empêchait de céder à la panique.

— Samuele…

— Tout ira bien, je vous le promets, il ne vous arrivera rien, continuez comme ça et faites attention à ne pas trébucher.

Il avait vu les dégâts que pouvait infliger une laie défendant ses petits. Leurs défenses étaient moins impressionnantes que celles des mâles, mais pouvaient infliger de méchantes blessures. Pourvu que…

L'un des marcassins se mit à gambader en direction de Maya et Samuele serra les dents, tandis que la laie laissait échapper un grondement de colère. Elle allait charger, c'était une question de secondes. Sans quitter l'animal des yeux, Samuele ramassa une grosse branche au sol.

— Maya…

Elle tremblait, et son visage était d'un blanc crayeux. La peur la paralysait.

— Vous m'entendez toujours ?

— Oui…

— Bien… continuez à faire ce que je vous dis, au moment où je vous le dis. Vous comprenez ?

— Oui.

— Écoutez bien, il y a un sentier juste derrière vous, un peu sur la gauche, ça monte… Il va falloir courir, mais seulement quand je le dirai, courir et ne pas vous arrêter avant d'avoir atteint l'observatoire.

— Le quoi ?

— Vous le verrez quand vous y serez.

— Et vous ?

— Tout ira bien pour moi si vous faites ce que je vous dis.

Il leva la branche, et les petits yeux mauvais de la laie se tournèrent vers lui. Elle parut se détourner de Maya.

— Oui, c'est ça, viens par ici, *mamma* ! l'encouragea Samuele.

Puis il abattit la branche sur le sol en poussant un hurlement. Furieux, l'animal le chargea et il cria :

— Maintenant, Maya ! Courez !

Il attendit une fraction de seconde, le temps de s'assurer qu'elle obtempérait, puis il se mit à courir dans la direction opposée.

La laie était trop près pour qu'il puisse espérer échapper à sa charge, mais l'important était que Maya soit en sécurité, hors de portée des défenses de la bête.

Elle s'élança, le cœur battant à tout rompre. La peur et l'instinct de conservation lui donnaient des ailes. Haletante, des larmes coulant sur ses joues, elle butait parfois sur des racines, mais se rappelait qu'elle ne devait pas chuter. Une branche la griffa au visage, mais elle s'en aperçut à peine.

Ne regarde pas en arrière, ne tombe pas !

Elle se disait que ses poumons allaient exploser quand elle eut l'impression confuse que les arbres s'éclaircissaient. Alors elle vit qu'elle avait atteint son objectif. Le petit bâtiment rectangulaire, avec son dôme de verre, paraissait assez incongru dans le paysage, mais elle n'avait pas le temps de s'interroger à ce sujet. Elle ne pensait qu'à l'abri inviolable qu'il allait lui offrir… si ses portes aux lourdes ferrures d'acier n'étaient pas verrouillées…

Elles ne l'étaient pas. Un battant s'ouvrit sans difficulté, elle s'engouffra dans l'observatoire et referma vivement derrière elle, s'appuyant aux planches de bois, les yeux clos, tremblante, reprenant laborieusement son souffle.

Oh mon Dieu, Samuele !

Maya écarquilla les yeux et rouvrit le battant à la volée. Elle sanglotait sans même s'en rendre compte, car elle ne parvenait pas à chasser l'image de Samuele frappant le sol de son bâton pour attirer la bête à lui.

Elle l'avait abandonné, elle avait fui. S'il lui était arrivé quelque chose, jamais elle ne se le pardonnerait !

Les yeux rivés vers les bois, elle guettait le moindre mouvement, le moindre bruit. Si Samuele était blessé, ou pire, ce serait sa faute, sa faute à elle !

Peut-être qu'il gisait quelque part entre ces arbres, le corps déchiqueté, perdant son sang, espérant de l'aide.

Dévorée d'inquiétude, Maya venait de décider de partir à sa recherche quand il apparut. Son soulagement fut si intense qu'elle crut s'évanouir. Essayant d'apaiser son souffle, elle alla vers lui.

— Vous… vous n'êtes pas mort ? balbutia-t-elle.

Elle se dit qu'elle avait rarement vu quelqu'un d'aussi vivant. Les yeux de Samuele brillaient, presque incandescents. Une jambe de son pantalon était déchirée de la cheville jusqu'à la cuisse, révélant des muscles durs sous une peau bronzée. Il avait diverses égratignures sur le visage, mais il paraissait détendu et pas même essoufflé. Il s'approcha et posa une main sur son épaule. Si par hasard Maya avait voulu s'enfuir, elle ne l'aurait pas pu. Mais elle ne le souhaitait pas…

— Mort, moi ?

Il rit et secoua la tête.

— Les *cinghiale* tuent rarement, mais ils peuvent vous infliger de mauvaises blessures et de vilaines cicatrices. Certains chasseurs disent qu'ils sont plus dangereux que les ours, mais bon, nous n'avons pas d'ours, par ici. Seulement des loups, ajouta-t-il en souriant de toutes ses dents.

Une vraie leçon d'histoire naturelle ! Il avait l'air de trouver cette mésaventure assez anodine et même amusante.

Samuele la regardait attentivement, et il remarqua l'ecchymose qui se développait sur son visage. Il sentit sa poitrine se serrer, saisi d'un élan de tendresse qu'il hésitait à nommer.

— Vous vous êtes très bien débrouillée, dit-il d'un ton brusque, la ramenant avec lui à l'intérieur de l'observatoire.

Il fallait qu'elle se repose, qu'elle puisse évacuer toute cette tension. Les yeux agrandis par la peur, elle répondit :

— Je… je ne sais pas.

Il referma doucement la porte derrière eux et avança la main vers elle. Elle ne bougeait pas, les yeux dans les siens. À peine eut-elle comme un balancement quand il glissa les doigts dans ses cheveux. Il la sentit frissonner, vit ses pupilles se dilater. Était-ce du désir, ou la terreur d'avoir bravé le danger ?

Lui ressentait un soulagement proche de l'exaltation, de l'avoir retrouvée saine et sauve.

— Vous avez emporté un peu de forêt avec vous, lui dit-il doucement en souriant, retirant une brindille accrochée dans ses cheveux.

Puis il baissa brusquement ses longs cils, pour qu'elle ne voie pas le désir qui brûlait dans ses yeux.

Maya, elle, sentait les larmes lui monter aux yeux tant la « chute » de tension nerveuse était brutale.

Tu es en état de choc, se dit-elle, soulagée de pouvoir mettre des mots sur ses émotions.

— Vous l'avez trouvé, finalement… L'observatoire.

Il regardait par-dessus son épaule et Maya vit, pour la première fois depuis son arrivée, les murs tapissés d'une bibliothèque en cèdre croulant sous les livres, et le vaste lit de repos, à côté de l'escalier en colimaçon. De là où ils se trouvaient, elle pouvait tout juste distinguer le dôme de verre, au-dessus du télescope installé sur une mezzanine.

— Mon grand-père était un astronome amateur réputé, expliqua Samuele, il aimait observer les étoiles. Alors il a fait restaurer cet observatoire et…

— Ça vous a plu, en fait ! l'interrompit Maya brutalement.

Elle pouvait sentir les émotions se bousculer en elles, martelant ses tempes, détruisant le peu de contrôle qu'elle avait encore sur elle-même.

Il vit la colère briller dans ses beaux yeux, mais il ne la comprit pas. Bien sûr que non, il n'avait pris aucun plaisir à courir jusqu'ici, la peur au ventre, à se demander avec angoisse si elle avait pu se mettre en sécurité ! Chaque seconde qu'il avait dû passer dans l'attente lui avait paru un siècle. Alors quand il l'avait trouvée là, indemne… c'était…

— Il y a toujours une certaine satisfaction à se tirer indemne d'une rencontre avec un sanglier, répondit-il, essayant de garder son calme. La chose à retenir est que vous ne pouvez pas les distancer, alors ce n'est même pas la peine d'essayer. Le mieux, si on le peut, est de grimper à un arbre, c'est ce que j'ai fait, finalement.

L'idée lui traversa l'esprit que, tant qu'il parlait, il ne pouvait pas l'embrasser, ce dont il avait une furieuse envie. Il voulait la goûter et ce besoin impérieux menaçait son élocution…

— Ce sont des bêtes incroyablement destructrices, continua-t-il, elles font des ravages. L'année dernière, elles ont dévoré près de cinq tonnes de raisin. On a beau poser des kilomètres de clôture électrique, rien n'y fait, ils les sautent et, à tout prendre, je préfère affronter les défenses affûtées des mâles plutôt que l'instinct protecteur des femelles.

— Vous croyez vraiment que j'ai envie d'une leçon d'histoire naturelle ?

Il s'était penché pour lui parler doucement, sur un ton calme et posé, mais elle ne l'entendait pas ainsi. Sa réponse avait fusé, furieuse.

— Vous êtes en train de me dire que vous vous amusiez à affronter un cochon sauvage pendant que moi – elle lui martela la poitrine de son doigt – moi, je vous croyais mort, et mort par ma faute ?

Sans prévenir, ses jambes se dérobèrent sous elle et elle se serait effondrée si Samuele ne l'avait retenue, d'un bras glissé autour de sa taille.

Elle leva vers lui des yeux pleins de larmes qui, bientôt, se mirent à ruisseler sur ses joues.

— Vous pleurez…

Samuele ne savait comment gérer le besoin de protection qui l'envahissait, tandis qu'il regardait couler ses larmes.

— Non, je ne pleure pas ! lui répliqua-t-elle d'un ton farouche, comme s'il l'avait insultée.

Il se força à demeurer impassible. C'était diablement difficile tant elle lui apparaissait fragile… et désirable.

— C'est le choc, lui murmura-t-il.

Maya aurait voulu lui répondre qu'il n'avait aucune idée de ce qu'elle pouvait ressentir, mais elle ne le savait pas, elle non plus.

Elle se figea lorsqu'elle le vit avancer la main vers son visage et qu'elle sentit ses doigts, étonnamment frais sur sa peau. Il la regardait avec une intensité incroyable, tandis que son pouce suivait la ligne de sa joue.

— Je suis désolé de vous le dire, mais vous n'avez pas été raisonnable du tout, murmura-t-il.

Il approcha son visage du sien.

— Mais vous avez été très courageuse, Maya… Vous me rendez complètement fou, vous savez, souffla-t-il soudain d'un ton rauque, ignorant la petite voix qui lui ordonnait de s'écarter d'elle.

Il était en train de perdre le contrôle…

Mais à quoi bon lutter ? lui disait une autre voix, tentatrice. *Détends-toi et profite de la situation…*

Son visage était si proche que Maya n'arrivait plus à penser clairement. Alors elle ferma les yeux et elle sentit les lèvres de Samuele sur ses paupières.

— Regarde-moi…

La voix était basse et rauque, mais c'était bien un ordre. Elle obéit à l'instant où la bouche de Samuele se posa sur la sienne et elle poussa un petit gémissement sensuel lorsque sa langue vint caresser ses lèvres. Elle s'agrippa à sa chemise.

Les lèvres de Samuele étaient fraîches, mais Maya sentait la chaleur de son corps tendu de désir.

Un désir qu'elle partageait, comprit-elle comme toute pensée rationnelle la désertait… L'instinct prit le dessus : elle enlaça le cou de Samuele, se cambrant pour mieux se lover contre lui. Elle laissa échapper un gémissement en sentant son érection pressée contre elle. Mais, tout à coup, cette extraordinaire connexion s'évanouit : il venait de s'écarter d'elle.

— Entre nous, c'est juste du sexe, n'est-ce pas, Maya ?

Samuele n'avait jamais eu besoin de mettre les choses au point au moment de coucher avec une femme, car ses partenaires savaient toujours à quoi s'en tenir avec lui. Aujourd'hui, il hésitait, ce qui ne lui ressemblait pas, et il éprouvait le besoin de savoir que Maya et lui étaient bien sur la même longueur d'onde. Et si elle répondait « non » et exigeait davantage de lui ? songea-t-il alors avec inquiétude. Il ne pouvait pas donner plus. Pourtant, elle le méritait totalement, lui répétait la petite voix de sa conscience.

Les yeux de Samuele étaient assombris. Quand elle posa la main sur sa poitrine, Maya sentit la chaleur de sa peau sous les vêtements. Ce n'était pas un rejet de sa part, elle le comprenait. Il fixait simplement les règles, pour éviter tout malentendu.

— Qu'y a-t-il ? demanda Samuele en voyant les émotions se succéder sur son visage.

Elle secoua la tête et lui sourit. Elle n'allait pas permettre à Edward de gâcher ce moment, ni à quiconque. Elle n'était plus une enfant et, du reste, Samuele ne cherchait pas à la diminuer. Il se montrait simplement honnête.

— Ce n'est rien, dit-elle, je... un souvenir m'est revenu...

Son beau-père n'avait pas eu grand-mal à trouver une faille en elle et à l'exploiter. Il s'était attaqué au cœur de cette enfant qui souffrait d'avoir été abandonnée par sa mère. À cause de lui, elle avait gardé cette blessure jusque dans l'âge adulte. Cela l'avait empêchée de nouer des relations intimes, car elle redoutait d'être rejetée, d'être encore et toujours la petite fille qui ne méritait pas d'être aimée.

— Je vais te le faire oublier, *cara*, lui dit-il doucement.

Elle sourit.

— Je l'ai déjà oublié. J'ai envie de toi, Samuele.

Il la serra contre lui, et ce fut comme si les dernières barrières qu'il s'était imposées se brisaient.

Quand sa bouche se plaqua sur celle de Maya, elle eut l'impression d'être emportée par une lame de fond. Resserrant sa prise sur sa taille, il la souleva tandis qu'elle l'enlaçait, nouait les jambes autour de ses hanches et l'embrassait avidement. Dans le feu de la passion, c'est à peine si elle s'aperçut qu'il l'amenait vers un petit canapé.

Avec un gémissement presque sauvage, il l'embrassa à pleine bouche et l'étendit sur la couche, assez large pour les accueillir tous les deux. Comme elle défaisait sa ceinture, il poussa un grognement d'impatience et saisit les bords du T-shirt de Maya pour le faire prestement passer par-dessus sa tête.

Elle n'avait plus ni la force ni la volonté de faire un seul geste. Sa respiration se fit gémissement lorsqu'il fit glisser de ses épaules les bretelles de son soutien-gorge, tout en traçant de la langue un sillon humide entre ses seins.

Il s'écarta d'elle le temps de se débarrasser de sa chemise et elle s'agenouilla pour l'aider, embrassant sa poitrine dès que celle-ci fut nue, goûtant le sel de sa sueur sur sa peau. Son soutien-gorge en satin ne tarda pas à suivre le même chemin que son T-shirt.

— *Dio* !

Les tétons de Maya se dressèrent sous son regard. Elle se cambra au contact de sa main, s'allongea sur le lit et, haletante, se laissa emporter par ce premier contact intime, peau contre peau. Ses mains cherchèrent la fermeture à demi ouverte du jean de Samuele, qui se releva afin de se défaire de son vêtement, puis de l'envoyer valser au sol avec son boxer.

Tout aussi prestement, elle se débarrassa de son legging, le regard avide de Samuele toujours rivé sur elle…

Elle le rendait fou, insatiable. Il l'attira à lui, avide de toucher son corps svelte, de le goûter, d'explorer sa douceur, incapable déjà d'imaginer qu'il pourrait un jour se passer d'elle.

Cédant à l'urgence qui lui brûlait la peau, Maya découvrit, éperdue, le don qu'il lui offrait de lui-même, sa bouche et ses mains partout sur elle.

Il lui demanda ce qu'elle aimait et elle répondit, avec une sincérité à couper le souffle :

— Tout …

Et soudain, elle sentit l'érection de Samuele pressée sur son sexe humide. Il enfila rapidement un préservatif gardé à portée de la main et entra doucement en elle.

Le plaisir qui envahit Maya lorsqu'il la pénétra lui arracha un gémissement extasié. Pantelante, elle se dressa sur le lit pour lui offrir sa bouche, avant de faire glisser sa langue le long de la gorge de Samuele.

Puis commença le lent et délicieux supplice de ses coups de reins fluides et sensuels. L'intimité de leur union charnelle, leurs deux cœurs battant à l'unisson, rien ne ressemblait à ce que Maya avait pu imaginer. C'était tellement meilleur !

Le sentir en elle était comme une évidence et, à chaque assaut, il la touchait là où personne, jamais, ne l'avait touchée, jusqu'à ce qu'elle ait l'impression d'exploser en un million d'étoiles…

L'intensité du plaisir fut incroyable. Comme en chute libre, elle s'abandonna totalement à la vague de bonheur qui la submergeait, plus puissante, plus belle que dans ses rêves les plus fous…

8.

Maya redescendit lentement sur Terre. Au-dessus d'elle, le bleu sombre du ciel avait envahi l'impressionnant dôme de verre.

À quoi ressemblerait une vie passée ici, aux côtés de son amant, à ne rien faire d'autre que l'amour, chaque nuit, sous le firmament étoilé ? Hélas, elle n'avait pas d'amant, n'avait pas vraiment fait l'amour. Elle avait couché avec Samuele dans un instant d'égarement, rien de plus, et c'était terminé, désormais.

Samuele se décala sur le côté du lit. À travers ses paupières entrouvertes, Maya comprit que la distance qui les séparait n'était pas uniquement physique. Avait-elle tort de vouloir prolonger ce moment, de graver ces souvenirs intimes dans son esprit, alors que tout cela n'avait rien de réel ? Une rupture franche et nette serait moins douloureuse pour elle… Comme elle fermait les yeux, accablée, il dit :

— Tu aurais dû me prévenir.

Il tourna la tête vers elle et plongea son regard au fond du sien. Samuele resta de marbre lorsqu'elle posa la main sur son torse et sentit la pulsation de son cœur sous ses doigts.

— Pourquoi ne m'as-tu pas dit que c'était ta première fois ? insista-t-il.

Maya soupira, puis retira la main qu'elle avait posée sur lui.

— Ça n'avait pas d'importance.

Elle le sentit se raidir.

— C'était à moi de décider, tu ne crois pas ? plaida-t-elle. J'ai pris ma décision en connaissance de cause. Après tout, comme tu l'as dit, ce n'était que du sexe. Et ça me convient très bien…

— Je ne te crois pas, répliqua-t-il.

Elle se redressa sur un coude, nullement gênée par sa nudité. Ces instants de pure sensualité lui avaient donné confiance en elle, en son corps. C'était un très bon antidote à la timidité.

— Tu auras partagé avec moi l'un des moments importants de ma vie, et c'est très bien ainsi. C'est ce que tu voulais entendre ?

Elle leva les yeux au ciel et lâcha un rire qu'elle espérait léger avant de continuer :

— Peut-être que toutes les femmes que tu rencontres cherchent l'amour, mais ce n'est pas mon cas. Je le fuis comme la peste. Pourquoi serais-tu le seul, après tout ?

Elle comprit à son silence qu'elle avait fait mouche et sentit une satisfaction froide l'envahir. Elle poussa son avantage.

— Tous ceux que j'ai aimés, et même les autres, m'ont abandonnée à un moment ou à un autre. Pourquoi m'exposer à souffrir en tombant amoureuse ?

C'était une évidence qu'elle n'avait jamais énoncée à voix haute auparavant.

— Ma propre mère m'a abandonnée. Deux fois. Elle ne m'a jamais aimée, c'est sûr, tout comme Violetta, reprit-elle, son visage soudain submergé de tristesse. Mon père est mort lorsque je n'étais qu'une enfant. Je l'adorais. Lorsque ma mère s'est remariée, elle a choisi un homme qui a tenté de l'isoler des autres, de ceux qui tenaient à elle, et à détruire notre famille. La vérité, Samuele, c'est que je te suis reconnaissante.

— Comment ça ?

Maya vit la surprise se peindre dans ses yeux. Elle ne pouvait plus reculer, désormais…

— Je ne me pensais pas capable de coucher avec quelqu'un sans éprouver de sentiment, je pensais que ce serait une erreur, un acte froid et mécanique. Mais tu m'as prouvé le contraire. Grâce à cela, un monde de possibilités s'offre désormais à moi.

Ce n'est pas lui qui me rejette, c'est l'inverse. Elle se répéta le mantra en boucle. Qu'importe si c'était faux : les apparences comptaient plus que la vérité. Lorsqu'elle se leva, elle avait l'air sûre d'elle-même. Les vêtements, récupérés çà et là dans sa chambre, guidaient ses pas en un ballet gracieux. Bien sûr, il était difficile de rester digne en récupérant un soutien-gorge égaré, surtout sous le regard de Samuele, mais Maya considéra qu'elle jouait bien la comédie. Ce n'était peut-être pas l'attitude la plus décontractée qui soit, et elle en avait peut-être trop dit sur son passé sans le vouloir. De toute façon, les détails s'obscurcissaient déjà dans sa mémoire. Elle avait réussi la seule chose qui comptait : lui faire comprendre que sa déclaration d'intention n'avait eu aucun effet sur elle. Ils ne coucheraient plus ensemble, la belle affaire ! Elle n'en était pas affectée parce qu'elle était aussi détachée que lui. Ils traitaient d'égal à égal. À vrai dire, décida-t-elle, elle avait même l'avantage sur lui !

Samuele la regarda lui tourner le dos et, du coin de l'œil, aperçut ses jolis seins qui remplissaient si bien ses mains avant qu'elle ne les emprisonne dans un soutien-gorge.

Maya avait découvert le sexe entre ses bras et elle ne tarderait pas à avoir d'autres amants, songea-t-il, taraudé par la jalousie. Rien de plus naturel, en somme…

— Je dois retourner voir Mattio, lança-t-elle soudain.

Elle se sentait mortifiée d'avoir délaissé l'enfant.

Lorsqu'elle se retourna et vit Samuele nu face à elle, Maya sentit son assurance se lézarder. Une peau bronzée, une stature athlétique, de longues cuisses musclées, un torse dessiné à la perfection… Existait-il au monde un homme qui puisse rivaliser avec lui ? Que croyait-elle ? Samuele ne lui avait pas ouvert les portes d'un monde nouveau, il les avait refermées sur elle ! Elle n'arrivait en effet même pas à concevoir qu'un autre homme puisse un jour la toucher comme il l'avait touchée…

— Mattio n'a rien à craindre avec Rosa, répondit Samuele doucement. Mais dès que Rosa t'aura vue, elle comprendra, et les ragots iront bon train…

Le rose déserta les joues de Maya.

— Tu vas leur dire ?

— J'imaginais que tu t'en chargerais, non ?

Elle lui jeta un regard vide. Pourquoi raconter à tout le monde qu'elle avait couché avec Samuele ?

— Comment expliquer ce bleu sur ton visage, reprit-il, si tu ne leur parles pas de l'attaque du sanglier ?

Maya se pencha pour ramasser son T-shirt et en profita pour y enfouir son visage. Bien sûr qu'il parlait de l'incident, pas de leur étreinte !

Samuele la regarda s'habiller, parfaitement conscient du malentendu. Maya pouvait dormir tranquille : jamais il n'irait se vanter d'avoir couché avec une jeune femme vierge, il avait bien trop honte pour cela ! Quelles que soient les excuses qu'il se trouvait, il avait profité de son inexpérience alors qu'elle était dans un état d'extrême vulnérabilité.

Le pire, c'était qu'il était prêt à recommencer à la moindre occasion… Cette jeune femme était hautement addictive, et le seul choix de Samuele résidait dans un sevrage brutal.

Habiter sous le même toit plusieurs semaines représentait certes un défi, mais peut-être méritait-il de souffrir un peu pour ce qu'il avait fait. Se tenir à distance respectueuse de Maya serait difficile, mais il devait s'imposer cette épreuve.

Une fois à l'extérieur, Samuele sentit que Maya hésitait à l'approche d'un bosquet.

— Ne t'inquiète pas, prévint-il. La famille de sangliers a repris son chemin.

— Non, ce n'est pas cela, corrigea-t-elle. C'est juste que… Tu m'as sauvé la vie et je ne t'ai même pas remercié.

Samuele s'immobilisa.

— Je pense que tu m'as remercié de la meilleure des manières, au contraire. C'était même l'un des plus beaux remerciements qu'on m'ait jamais adressés, *cara*...

9.

Après deux semaines, le bleu sur la joue de Maya s'était presque totalement effacé. Sa rencontre inopinée avec la famille de sangliers avait fait d'elle une sorte de célébrité locale. On lui avait manifesté beaucoup de sympathie, soulignant la chance qu'elle avait eue de s'en sortir à si bon compte. Toutes les familles connaissaient une histoire similaire, mais le dénouement était rarement aussi heureux.

Maya avait tenu à présenter ses excuses au jardinier qui avait tenté de la mettre en garde contre les sangliers, mais qu'elle avait ignoré faute de comprendre ce qu'il lui disait. Rosa, à ses côtés, avait joué les interprètes et avait installé une application sur le téléphone de Santino pour lui permettre de traduire leurs futurs échanges. Le jardinier lui avait parlé des années où il était seul à l'entretien du domaine immense, et du chagrin qu'il ressentait alors à voir ces paysages délaissés.

— Désormais, avait-il ajouté fièrement, j'ai toutes les ressources dont j'ai besoin. Et une équipe pour m'aider.

Chaque matin, à peine levée, Maya faisait une promenade solitaire. C'était une routine, désormais, de profiter du domaine avant le réveil de Mattio. Ce jour-là, ses pas l'avaient conduite près des écuries. Les chevaux l'avaient toujours impressionnée par leur taille et elle gardait généralement ses distances, mais ça ne l'avait pas empêchée d'observer Samuele, qui s'y trouvait également, en pleine séance de dressage. Sa maîtrise était impressionnante. La vidéo du moment aurait probablement fait un tabac sur les réseaux sociaux. Un homme élégant et musclé, rayonnant d'autorité, en train d'apprivoiser doucement un jeune étalon nerveux…

Fascinée, Maya l'avait regardé faire. L'exercice ressemblait à un ballet. Le cheval avançait et reculait. Samuele, l'accompagnant, irradiait d'une confiance naturelle. Graduellement, par un étrange transfert, l'étalon avait absorbé son calme. Les palefreniers s'étaient rassemblés à la barrière du manège, aussi impressionnés qu'elle. Samuele semblait véritablement ne rien faire, à part parler à voix basse à l'animal. L'apprivoisement fut progressif : d'abord, l'étalon se laissa caresser l'encolure, avant de s'élancer au trot sur le sable du manège. C'est à ce moment-là que Samuele avait aperçu Maya, qui avait fait mine de ne pas le voir et avait continué sa promenade, en priant pour qu'il n'ait pas remarqué son manège…

Maya rougit à ce souvenir. Samuele y ferait-il allusion tout à l'heure ? Elle attrapa la chemise plastifiée qui contenait les CV des nounous à recevoir et la rangea dans son sac. C'était probablement pour cela qu'il avait requis sa présence par mail, seule forme de communication qu'il semblait s'autoriser depuis leur fougueuse étreinte. Ce serait aussi leur premier rendez-vous depuis deux semaines. Leurs chemins auraient pu se croiser lorsqu'il venait rendre visite à Mattio, mais à chaque fois elle se trouvait ailleurs, ayant laissé à Rosa le soin de s'occuper de l'enfant. Rosa s'était répandue en compliments sur l'implication de Samuele auprès du nourrisson.

Une des secrétaires personnelles de Samuele fit son apparition tandis qu'elle approchait du bureau et lui ouvrit la porte. Maya s'installa et, en l'absence de Samuele, elle sortit son téléphone : elle avait un appel manqué de Beatrice. Celle-ci savait qu'elle était en Italie, sans connaître précisément son lieu de villégiature, ni la raison de sa présence là-bas. Lorsqu'elle avait indiqué sa destination à Bea, celle-ci en avait immédiatement conclu que Maya revenait en raison du projet qu'elles avaient partagé par le passé.

— Ah, ça veut dire que le fournisseur dont tu parlais a baissé ses prix ? C'est une excellente nouvelle ! Les modèles que tu m'avais envoyés étaient absolument parfaits. Notre offre tient toujours, si tu as besoin d'aide pour te lancer. Dante et moi croyons en toi, tu sais.

Maya aurait pu détromper sa sœur, mais elle craignait de déballer toute l'histoire sans réussir à s'arrêter : Samuele, Mattio, Violetta… Il aurait fallu s'expliquer. Elle avait préféré se taire, mais aujourd'hui sa conscience lui pesait. Elle dirait tout à Bea et à leur mère, bientôt, mais il serait plus simple de s'expliquer en leur présence.

Peut-être même pourraient-elles l'aider à comprendre, songea Maya amèrement. La situation lui semblait aussi floue que ses sentiments pour Samuele.

Maya était assise dos à la porte, un gros dossier dépassant de son sac. Samuele ne pouvait pas voir son visage, mais il n'était pas difficile de deviner la tension qui lui nouait les épaules. Elle venait de ranger son téléphone. Qui pouvait bien l'avoir mise dans cet état ?

— Bonjour, Maya.

Il la vit sursauter, se lever à la vitesse de l'éclair. Son visage ne portait presque plus de marques de sa fuite. Elle avait enfilé un chemisier vert pomme rentré dans son corsaire noir et de jolis mocassins assortis. Son épaisse chevelure était nouée par un petit lacet de cuir. Samuele sentit s'effondrer les barrières qu'il avait si soigneusement érigées entre eux. IL se voyait déjà en train de dénouer le petit lien pour faire ruisseler les cheveux de Maya dans son dos. Elle était nue…

— Bonjour, bégaya-t-elle. On m'a dit d'entrer mais…

Samuele n'avait que de bonnes nouvelles pour elle. Violetta, toute à son plaisir de remuer le couteau dans la plaie dès qu'il s'agissait de Samuele, avait dévoilé son jeu et tenté de le faire chanter. Pour gagner du temps et établir une contre-attaque, il lui avait donné l'argent qu'elle réclamait. Cependant, il savait pertinemment qu'elle reviendrait à la charge. Il fallait agir.

L'argent importait peu à Samuele, mais il n'était plus seul. Mattio en aurait besoin, et il avait fait la promesse à son frère que rien ne viendrait remettre en question son soutien. Il avait juré à Cristiano de faire toujours le meilleur choix pour Mattio. Ce choix impliquait de ne pas le priver d'une mère et il s'en voulait d'avoir failli le faire, simplement parce qu'il n'était pas assez courageux pour dépasser ses peurs. Quoique Samuele connaisse parfaitement les défauts de Maya – ça n'était pas difficile, elle était d'une telle sévérité avec elle-même ! – il était certain qu'elle ferait une excellente mère pour Mattio.

— Tu as bien fait, désolé de t'avoir fait attendre.

Maya éprouva une sorte de soulagement. Elle avait eu scrupule à pénétrer sans lui dans ce qu'elle considérait comme son sanctuaire… Elle n'y était jamais entrée auparavant. C'était d'ailleurs probablement la première et la dernière fois que cela arrivait ! L'endroit était assez moderne, d'une élégance épurée. Un grand bureau de bois massif y trônait, équipé de plusieurs ordinateurs portables. L'un des murs était entièrement recouvert de livres, l'autre quasi nu, à l'exception d'un petit banc et de poids de musculation accrochés les uns à côté des autres. Pour seule touche décorative, un dessin du château s'affichait sous un cadre en verre. Samuele vit Maya se rapprocher de l'œuvre.

— L'origine exacte est sujette à controverse, mais on estime qu'il a été dessiné au XVIe siècle. Il n'y a encore aucun des agrandissements réalisés au *castello* par la suite.

— C'est touchant de voir le bâtiment tel qu'il était à l'origine…

— Peu de gens y songent, mais tu as raison.

Samuele s'était déplacé vers la fenêtre et Maya réprima difficilement un soupir. Le costume bleu nuit qu'il portait lui allait divinement bien. Il avait l'air racé, distant… À tomber à la renverse.

— C'est… Ton bureau est une très belle pièce, dit-elle avec difficulté, promenant son regard autour d'elle.

Il mit fin à ses hésitations en lui indiquant du geste l'une des chaises en cuir, tandis qu'il prenait place dans le grand fauteuil de l'autre côté du bureau.

— Assieds-toi.

Elle obtempéra. Jusqu'ici, tout avait été très formel, songea Maya. Ce qui ne l'empêchait pas d'être troublée. Jamais de toute sa vie d'adulte, elle n'avait ressenti cet appel des sens. Jamais avant de rencontrer Samuele… Pour elle, il y avait un avant et un après. Sa présence la décontenançait. Elle passait son temps à essayer de cloisonner son esprit, mais l'image virile de l'homme qui lui faisait face revenait la hanter. Il fallait qu'elle redescende sur Terre ! Tout était terminé entre eux.

— Est-ce que tu veux un café ? demanda-t-il.

— Non, merci.

Elle sortit le dossier de son sac et le posa devant elle, sur le bureau.

— J'ai rédigé quelques notes, ajouta-t-elle.

Il lui jeta un regard d'incompréhension.

— Au sujet des CV, pour la future nourrice, précisa

Maya. Ton message ne précisait pas l'objet de notre entretien, mais j'ai pensé que tu voulais parler de cela.

— Ah, oui… Je pensais aller voir Mattio, cet après-midi. Pour une balade, peut-être ?

— Malheureusement, Rosa est en congé aujourd'hui, répondit-elle.

— Tu pourrais venir avec Mattio et moi.

— Où ça ? demanda Maya innocemment.

— Tu aimes le jardin de roses, à ce que j'ai cru comprendre.

Samuele desserra légèrement sa cravate.

— Je voudrais ton point de vue sur les conditions de vie de Mattio. Savoir s'il y a des changements à faire, des améliorations à apporter…

Il cherchait à gagner du temps avant d'évoquer le véritable sujet de cette discussion. Il n'avait généralement aucun mal à trouver les mots justes mais, à sa décharge, ceux qu'il s'apprêtait à prononcer pouvaient bouleverser une vie.

— Est-ce que tu as besoin de quelque chose… pour Mattio ? ajouta-t-il maladroitement.

— N'est-ce pas le genre de questions à réserver à la prochaine nourrice ? Il y a de très bonnes candidates, j'ai vérifié leurs antécédents…

Elle s'en était acquittée avec rigueur. Mattio serait élevé par quelqu'un de compétent. Maya avait toujours su que sa place n'était que temporaire, mais l'idée de devoir bientôt quitter le bébé lui serrait le cœur.

— J'ai… J'ai une…

Samuele s'interrompit, la gorge sèche, furieux. Il lui était tout à fait inhabituel de ne pas réussir à s'exprimer ! La tension dans la pièce était palpable. Subitement, Maya lança :

— Écoute, je peux repasser si tu es… occupé.

Il la regarda tourner les talons, puis faire volte-face une fois à la porte.

— Samuele, j'ai compris que ce qu'il s'est passé entre nous ne se reproduira pas, alors tu peux cesser de t'inquiéter. Je peux t'assurer que je ne me fais aucune illusion. Veux-tu me punir d'avoir couché avec toi, en m'ignorant ainsi ? Je ne te suivais pas l'autre matin, au fait. Je passais tout simplement près des écuries. Comment aurais-je pu savoir que tu murmurais à l'oreille des chevaux ?

Elle sentit la main de Samuele se poser sur son épaule et la guider vers sa chaise à nouveau.

— En effet, ce n'était que du sexe, mais c'était si bon ! avoua-t-il. Tu es la meilleure maîtresse qui soit, Maya…

— Et… c'est censé me flatter ?

— J'aurais pu le dire plus diplomatiquement, admit-il.

— Au moins suis-je douée pour quelque chose ! lâcha-t-elle, amère. Je le mettrai sur mon prochain CV.

Soudain, elle perçut son regard blessé.

— Qu'est-ce qui ne va pas ? demanda-t-elle.

— Mon frère aurait dû fêter ses vingt-neuf ans, aujourd'hui.

Tout ressentiment déserta Maya, remplacé par une empathie douloureuse.

— Il aurait fait un père formidable, reprit Samuele, et je suis sûr qu'il aurait trouvé que tu t'en sors très bien. Tu fais une très bonne mère pour Mattio.

— Je sais que je ne suis pas sa mère.

La critiquait-il à mots couverts ?

— À ses yeux, tu l'es plus que sa propre mère, trancha-t-il, amer. Je ne pensais pas qu'une présence maternelle pouvait s'avérer à ce point cruciale au bon développement d'un enfant. J'avais tort, bien sûr.

— Tu ne vas pas le rendre à Violetta ! s'exclama Maya. Je sais bien que légalement elle est sa mère, mais…

— Non. Je ne le rendrai pas à Violetta.

Elle se calma un peu, sans se rasseoir pour autant.

— Nous devrions d'ailleurs recevoir une invitation à son mariage, prochainement, poursuivit Samuele.

— Et qu'est-ce que ça veut dire ? Tu penses qu'elle essayera de récupérer Mattio ?

— Je pense que c'est inévitable, oui.

— Mais elle ne l'aime pas !

— Tu connais son pouvoir de conviction, Maya.

Furieuse, Maya repensa à la facilité avec laquelle elle avait été dupée par sa demi-sœur.

— Bon sang … Mais ce Charlie qu'elle épouse… Ne disais-tu pas qu'il ne veut pas d'enfants ?

Elle se raccrochait à cette dernière lueur d'espoir. Tout plutôt que la perspective de voir Mattio pris dans une guerre toxique.

— Il ne se passera pas longtemps avant qu'il ne lui obéisse au doigt et à l'œil. C'est ce qui s'est passé avec Cristiano.

— Mais elle finira par abandonner Mattio à nouveau ! Et cette fois, peut-être que tu ne le trouveras pas…

Le visage creusé par l'angoisse, elle conclut avec force :

— Tu ne peux pas la laisser faire !

— Je n'en ai aucune intention. Je compte demander la garde exclusive de l'enfant et je continuerai à lui verser de l'argent pour gagner du temps. Il faut lui laisser croire qu'elle contrôle la situation.

Maya murmura :

— Samuele… Elle te fait chanter ?

Il haussa les épaules et lui adressa un sourire fugitif.

— À mots couverts, mais oui, c'est à peu près ça. Il ne s'agit pas d'argent pour Violetta. C'est une vengeance destinée à me faire regretter d'avoir contrecarré ses plans. Elle avait jeté son dévolu sur la moitié du domaine Agosti.

Je n'étais pas d'accord. C'est une guerre de pouvoir et elle a quelques atouts dans sa manche. C'est ce que tu m'avais dit toi-même, tu te souviens ? Un juge préférera toujours une mère à d'autres membres de la famille. Or Mattio a besoin d'une mère, au moins pour les premières années de sa vie.

À quel âge, selon lui, pouvait-on se passer d'une mère ? songea Maya fugacement.

— La solution la plus évidente, reprenait Samuele, serait de me marier.

— Tu as changé d'avis sur le mariage, maintenant ?

— Pas à propos de l'institution. Mais sur le fait d'être marié, oui.

— Il y a une différence ?

— Je pense que oui… Si l'amour, le vrai, existait vraiment, le mariage serait superflu. On n'aurait pas besoin d'un bout de papier pour sceller un engagement. Je sais que le divorce est chose courante, de nos jours, mais j'ai vu tellement de couples rester ensemble alors qu'ils avaient dépassé depuis longtemps le point de non-retour… Le mariage n'est qu'un contrat, pas une garantie de joie et de bonheur pour l'éternité. Si ce contrat est rédigé dans le respect des intérêts de chaque partie et qu'il n'y pas d'attente démesurée, comme la monogamie, par exemple, alors je ne vois aucune raison de s'y opposer.

— Mais ça n'est pas vraiment un mariage dans ce cas, n'est-ce pas ? argua-t-elle, choquée par la description froide et clinique qu'il venait de dresser.

— Un mariage libre.

— Donc, pas un mariage ! Le mariage, c'est une question de foi, de confiance…

Elle n'arrivait pas à se résoudre à prononcer le mot « amour » en face de lui.

— Dans ce cas précis, un mariage garantirait la sécurité financière et le bonheur de l'enfant de mon frère.

— Bien sûr, mais…

Le flot de ses pensées s'interrompit brusquement alors qu'elle étouffait un cri. Maya se voilait la face depuis plusieurs semaines. Si ne pas réussir à parler d'amour en sa présence n'était pas le symptôme le plus évident d'un sentiment profond, c'était pourtant celui qui lui avait dessillé les yeux : elle l'aimait ! Elle était tombée amoureuse d'un homme qui pensait que le mariage pouvait fonctionner à condition qu'on ne parle pas d'amour. Il n'y avait pas de place pour une femme dans sa vie, pas de place pour elle.

— Tu comprends donc que je ne t'ai pas appelée pour parler de nourrice, poursuivit-il. À vrai dire, j'espère que nous n'en aurons pas besoin.

Maya secoua la tête, incrédule.

— Tu veux que je reste à tes côtés jusqu'à ce que tu te sois trouvé une femme ?

— Je veux que tu restes à mes côtés en tant qu'épouse.

Samuele la vit se redresser à moitié, puis se laisser retomber, dans le fauteuil.

— Mais c'est complètement… C'est fou !

Son rire incrédule se teinta d'hystérie.

— La seule chose que nous ayons commun, c'est Mattio ! ajouta-t-elle.

— N'est-ce pas suffisant ?

Son regard passa rapidement sur la bouche de Maya.

— Et puis, ce n'est pas vrai. Il y a aussi une certaine alchimie entre nous, non ? C'est rare, *cara*. Très rare même, si tu veux mon avis.

Face à lui, Maya secoua la tête, le rouge aux joues.

— Oui, nous avons Mattio en commun, reprit Samuele d'un ton calme. Il mérite le meilleur, or tu représentes le meilleur pour lui. Vous partagez le même sang, ce qui est inespéré, au vu des circonstances.

Il fit une pause, ses longs cils masquant un instant son regard. Maya en profita pour dire :

— Samuele, je sais qu'il est la seule chose qu'il te reste de ton frère, et l'héritier de…

— L'héritier du nom des Agosti, oui, coupa-t-il. Et des responsabilités qui vont avec. Mais il n'est pas l'enfant de Cristiano.

Maya en resta interdite. Elle ne s'attendait pas à cela.

— Qu'est-ce que tu dis ? murmura-t-elle enfin.

— Que contrairement à toi je n'ai aucun lien de sang avec Mattio, répéta-t-il d'une voix qu'il peinait à maîtriser.

— C'est à propos de cela que Violetta te fait chanter…

Il haussa les épaules.

— C'est son atout, oui.

— Depuis quand le sais-tu ?

— Cristiano me l'a dit dans ses derniers instants, tandis qu'il me pressait d'assurer la sécurité et l'éducation de l'enfant.

— Ton frère… savait que le bébé n'était pas de lui ?

Le sang battait aux tempes de Maya. Elle avait du mal à traiter le flot de toutes ces informations aussi nouvelles que surprenantes.

— Violetta ne pouvait pas le cacher, les dates ne mentent pas. Cristiano était en voyage lorsque Mattio a été conçu. Si mon frère avait vécu, il aurait élevé l'enfant comme le sien. C'est tout ce qui lui importait.

Aurait-il eu la générosité et la grandeur d'âme de son frère s'il s'était trouvé dans la même situation ? Samuele s'était posé la question de nombreuses fois. Mais comment savoir ce genre de chose, avant d'y être confronté soi-même ?

— Mattio est un Agosti, reprit-il d'un ton ferme. C'est

mon héritier et je ferai tout ce qu'il faut pour le protéger, et honorer la promesse faite à mon frère.

— Qui d'autre est au courant ?

— Tu es la seule à qui je l'aie dit.

Oh… La seule ? La confiance qu'il lui portait changeait la situation.

Samuele la regarda au fond des yeux

— Je te demande deux ans de ta vie… Tu seras bien assez jeune pour la reprendre là où tu l'as laissée et fonder une famille par la suite, avança-t-il, tandis qu'il l'imaginait avec effroi porter l'enfant d'un autre. Il y aura, bien sûr, une option pour étendre cette période, si les deux parties y consentent, et le dédommagement reçu sera à la hauteur de ton sacrifice. Cela devrait te permettre de maintenir ton train de vie actuel…

Qu'est-ce que c'était que cette histoire de contrat ?

— Je me moque de l'argent, Samuele ! s'écria Maya, exaspérée.

Elle voulait son amour et il lui offrait un mariage sans âme ! Désespérée, elle enfouit son visage dans ses mains.

— Nous n'avons rien en commun, reprit-elle. Ce château…

— C'est faux, nous aimons tous deux Mattio.

La réponse mit à bas les défenses de Maya. L'amour… Elle aimait Mattio, bien sûr. Et Samuele, aussi. Mais ce que le cœur voulait, il ne l'obtenait pas nécessairement. Alors ne serait-il pas mieux, finalement, de profiter de ce que Samuele offrait, tant que cela durerait ? souffla une petite voix tout au fond d'elle. Elle réalisa qu'elle était en train de considérer la question… Samuele s'en aperçut peut-être, car il plongea la main dans sa poche et en sortit un écrin de velours.

Il l'ouvrit, laissant apparaître un joyau qu'elle ne méritait pas, un mensonge magnifique à porter à l'annulaire.

— Cette bague était celle de ma grand-mère, qui appartenait à la famille royale russe, expliqua-t-il. J'ai racheté le bijou récemment, avec d'autres pièces de même provenance.

Il voyait déjà le collier d'émeraudes, clou de la collection, resplendir sur la poitrine de Maya… Face à lui, celle-ci, la main sur la bouche pour étouffer sa stupeur, regardait tour à tour la bague somptueuse et Samuele. Celui-ci se retint de sourire ; il n'était pas difficile de constater que l'émeraude de belle taille, entourée de diamants étincelants et montée sur un anneau d'or blanc, la fascinait. Tous ceux qui l'avaient contemplée avaient été grisés par sa beauté.

— Les gens se marient souvent pour une histoire de bébé, la pressa-t-il. Mattio a beau ne pas être le nôtre, la situation est-elle si différente ? Le principe est le même : assurer l'avenir d'un enfant vulnérable.

Maya leva les yeux vers lui. Elle aimait chacune des lignes de son visage, chacun des angles nets de sa mâchoire. Elle aimait aussi Mattio et elle savait que le quitter lui briserait le cœur. Elle avait tant d'amour à donner… N'était-il pas mieux de le partager, même sans espoir de réciprocité ? Il n'y avait aucune issue heureuse, mais Samuele avait indiscutablement raison sur un point : Mattio devait être protégé.

Maya regarda sa main trembler, tandis qu'il lui glissait la bague au doigt. Elle lui allait à la perfection.

— J'ai une condition, murmura-t-elle. Je ne pense pas que la monogamie soit une exigence irréaliste.

Elle pouvait supporter de nombreuses choses, mais il s'agissait là d'une trahison qui la détruirait, et elle le savait. Après un instant de silence, Samuele répondit :

— Je saurai m'en accommoder.

Maya fit jouer la bague pour la retirer de son doigt.

— Qu'est-ce que tu fais ? demanda-t-il, sourcils froncés.

— Je l'enlève. Je ne peux pas porter un tel trésor au

doigt. Attendons que nos fiançailles soient officielles et que j'aie prévenu ma famille.

Sa famille… que de choses elle avait à leur raconter !

— C'est déjà convenu entre nous, je ne vois pas de raison d'attendre. Dans deux semaines, c'est l'ouverture officielle de la galerie dans la villa Agosti. Ta première apparition publique. C'est toi qui en seras l'hôtesse.

— Je ne suis pas faite pour me retrouver sous les projecteurs, Samuele. Je travaille mieux dans l'ombre. En venant ici, je pensais rester à la nurserie, rien de plus…

— Tu feras tout ce qu'on attend de ma fiancée, répondit-il, catégorique.

L'accent qu'il avait mis sur le mot « tout » la fit frissonner. Ses lèvres sur les siennes étaient une manière d'apposer son sceau. Le baiser fut long et ravageur, la privant de toute résistance.

— Voilà qui rend la chose officielle, murmura-t-il en brisant leur étreinte, avant de soulever prestement Maya et de l'asseoir sur le bureau où il la fit basculer.

10.

Maya sourit, et un rire rauque naquit dans sa gorge alors qu'elle serrait entre ses seins la tête de l'homme dont elle partageait le lit depuis quinze jours.

— De quoi ris-tu ?

— De toi… Non, en fait, non, ajouta-t-elle vivement.

C'était simplement qu'elle n'avait jamais imaginé que sexe et humour puissent faire aussi bon ménage.

La tendresse qu'elle ressentait pour Samuele la transperçait, et cela non plus, elle ne s'y attendait pas. C'était un sentiment fort, qui touchait son âme tout entière. Quant à la passion qu'il suscitait en elle, elle était si forte, si nouvelle qu'elle ne se reconnaissait pas dans celle qu'elle devenait entre ses bras.

Il releva la tête.

— Je viens de me rappeler ce que tu disais, précisa-t-elle devant son air interrogateur. Que nous n'avions pas besoin de règlement dans la chambre à coucher.

Elle poussa un soupir languide alors que Samuele l'enlaçait.

— Je n'ai pas oublié.

Samuele pouvait compter sur les doigts d'une main les occasions où il avait passé plus d'une nuit avec la même femme. La nuit suivante risquait d'être fort semblable à la première et il était homme à s'ennuyer vite.

À entendre certains, c'était le signe qu'il préférait la chasse à la prise, mais il avait rarement eu besoin de poursuivre de ses assiduités celles avec qui il voulait coucher. Non qu'il soit irrésistible, mais les femmes étaient attirées par ce qu'il représentait : la puissance, l'argent et un style de vie que l'on imaginait luxueux.

Il regarda le beau visage près du sien, dépourvu de maquillage, aux joues roses et aux cheveux en bataille. Il n'y avait pas avec Maya deux nuits qui se ressemblaient. Sa merveilleuse absence d'inhibition, sa sensualité innée et le fait qu'elle se donnait tout entière dans chacune de leurs étreintes faisaient d'elle la femme la plus sexy de la Terre. Il ne se lassait pas d'elle, et ne pouvait imaginer s'en lasser un jour. Son idée du paradis, c'était d'être abandonné sur une île déserte avec elle et de lui faire l'amour jusqu'à satiété. Mais, avec Maya, la satiété n'arriverait jamais.

— Tu as mon goût sur la bouche, dit-il avant de glisser sa langue entre ses lèvres.

Elle darda la langue à la rencontre de la sienne et, pendant un long moment, ils se perdirent dans un baiser fougueux.

— Je devrais me lever, dit-elle enfin sans faire mine de bouger.

— Tu t'inquiètes toujours pour ce soir ?

À la voir grimacer avec un petit haussement d'épaules, Samuele comprit qu'elle cherchait à minimiser. C'était bien elle, de ne pas vouloir l'inquiéter ! Il ressentit un élan de tendresse, comme souvent ces derniers temps…

— Il n'y a pas de quoi, *cara*, dit-il en s'asseyant.

— C'est facile pour toi… Tu es habitué à ce que l'on te regarde.

Et à ce qu'on te désire, ajouta-t-elle mentalement, ses yeux suivant le jeu souple des muscles sous sa peau bronzée alors que Samuele s'étirait.

C'était une qualité de ne pas être vaniteuse, mais cette fois Maya s'aveuglait !

— Parce que ce n'est pas ton cas, peut-être ? Tu sais très bien qu'une femme aussi belle que toi est regardée, et tu ne t'habilles pas de façon à passer inaperçue… Ce qui est très bien, précisa-t-il en la sentant se raidir. J'aime beaucoup ton style.

— Je n'aimerais pas que mon estime de moi repose uniquement sur mon physique. Car avec le temps le physique se dégrade…

— Oh ! tu as encore quelques belles années devant toi, à mon avis, la taquina-t-il, prenant plaisir à admirer ses traits délicats. Et tu seras regardée encore bien des fois.

Bien sûr, son visage était pour l'instant jeune et lisse, mais il était aussi de ceux dont le temps confirme la beauté.

Maya lui jeta un regard à la dérobée.

— J'étais invisible à une époque, tu sais…

Les doigts de Samuele, qui pianotaient sensuellement sur son dos, se figèrent.

— Ton beau-père ?

— Comment as-tu deviné ? dit-elle en le dévisageant avec surprise.

— Oh ! ce sont deux ou trois choses que tu as dites…

Et dont il se souvenait ?

Ne t'emballe pas, Maya… Samuele était observateur, c'était tout. Une des qualités qui faisaient de lui un nom respecté dans le monde de la finance. Sa recherche Internet avait aussi appris à Maya que le respect qu'on portait à Samuele Agosti se teintait d'une certaine crainte. Il avait la réputation d'être un négociateur hors pair.

En tout cas, il était un amant hors pair…

— Edward nous paraissait gentil et attentionné avant qu'il n'épouse notre mère, mais après il a commencé à changer. Il se comportait méchamment avec nous lorsque maman n'était pas là. J'avais si peur de lui…

Elle sentit Samuele se raidir de fureur et il prononça quelques mots bien sentis dans sa langue maternelle.

— Non, non, dit-elle en posant une main apaisante sur sa poitrine, ce n'étaient pas des atteintes physiques… Il a commencé par de petites remarques au début, il se moquait de tout ce que je faisais… Je me souviens d'une carte que j'avais écrite pour l'anniversaire de ma mère. Il l'a lue et l'a jetée à la poubelle en me demandant comme j'avais osé lui donner quelque chose d'aussi nul.

La main de Samuele vint couvrir tendrement la sienne et il enlaça ses doigts.

— Il a sapé ma confiance moi, reprit-elle, et à la fin, il n'en restait plus rien. Je n'avais plus aucune assurance. Il répétait que la seule chose positive chez moi, c'était mon joli visage et quand, à l'adolescence, je me suis mise à avoir quelques boutons, il en a profité pour se moquer de moi. Je passais mon temps à craindre qu'il ne trouve à rire de moi et je voulais tellement passer inaperçue qu'à la fin je n'étais plus qu'une petite souris effrayée de son ombre… Heureusement que j'avais le soutien de Beatrice. Sans elle, je ne sais pas ce qui serait arrivé… Elle avait la peau plus dure que la mienne et rendait coup pour coup. Il s'en prenait moins à elle. Maman souffrait, elle aussi, car Edward voulait absolument son propre enfant et elle a dû subir des FIV à répétition, sans succès. Tout cela a affecté sa santé, mais Edward s'en moquait. C'est à ce moment-là qu'elle a commencé à ouvrir les yeux sur qui il était vraiment… En tout cas, elle nous a écoutées, Beatrice et moi, et elle nous a crues, ce qui n'était pas le cas avant. Je me souviendrai toujours de l'expression d'Edward quand il est rentré un soir et a vu ma mère faire ses valises… Tout cela m'a tellement marquée que j'ai consulté un psychologue.

Elle lui jeta un regard en biais pour voir comment il allait réagir à cet aveu.

— Tu as bien fait, dit-il en luttant pour refréner la colère qui le rongeait à l'idée des souffrances que Maya avait connues dans sa jeunesse. Cela t'a aidée ?

Lui ne savait pas comment l'aider. Il n'était pas habitué à se soucier des autres. Qu'aurait-il dû faire pour la réconforter ?

— Oui, cela m'a aidée, mais maman se reproche encore de ne pas avoir vu plus tôt le mal qu'il nous faisait. Elle cherche à compenser en me surprotégeant. J'ai horreur que Bea et elle me considèrent comme une petite chose fragile.

— Donc, tu es devenue l'incassable Maya Monk…

Oui, elle s'était forgé l'image d'une femme audacieuse, prête à relever tous les défis… Mais, à l'intérieur, il y avait une petite fille triste, malmenée par un harceleur. Maya était bien la personne la plus forte qu'il connaisse.

Stupéfaite, Maya se rendit compte qu'elle venait de confier à Samuele plus de choses intimes qu'elle n'en avait jamais révélées, même sur le divan de son psy !

— Bon, il vaudrait mieux que je me lève, dit-elle, soudain mal à l'aise.

C'était dans des moments tels que celui-ci qu'elle entendait auparavant la voix d'Edward lui rappeler qu'elle n'était pas à la hauteur, qu'elle ne méritait pas d'être aimée… Mais cette fois-ci elle avait beau écouter, aucune voix ne venait saper sa confiance.

Elle prit le visage de Samuele entre ses mains.

— Merci ! dit-elle alors, dans un élan spontané.

— Et de quoi ?

De m'avoir redonné confiance en moi, de m'avoir prouvé que j'étais digne d'amour.

Un pli se forma sur le front de Samuele alors qu'il essayait d'interpréter son silence.

— Ce vernissage va être difficile pour toi, c'est cela ?

— Ça ira.

Il savait ce que traduisait cette réponse vague : une façon pour Maya de masquer son malaise. Il se sentit coupable d'avoir souvent pris ce genre d'affirmation au pied de la lettre, parce que ça l'arrangeait.

— Tu vas bien t'en sortir, je le sais, et je serai là pour toi ce soir. Je t'aiderai. Et au fait, si tu veux vraiment me remercier, je connais une façon simple…

Elle lui répondit d'un sourire lascif.

— Je vois ce que tu veux dire.

— Je n'ai jamais vu que les enfants pour presser leur nez à la vitre comme toi !

Elle se redressa et effaça le petit halo de buée sur la fenêtre de la voiture.

— Je sais que ce n'est pas distingué de se montrer trop enthousiaste, mais tu sais quoi ?

— Tu t'en moques complètement, acheva-t-il, amusé.

— Complètement, confirma Maya. Tu es sûrement blasé des beautés de Florence, mais pour moi, tout est neuf !

— J'en ai l'habitude, ça ne veut pas dire que je ne les apprécie pas. En fait, j'aime voir le monde à travers tes yeux… Pas sur tous les points, cependant, reprit-il avec un sourire, sinon, j'aurais déjà fait don de ma fortune à une organisation caritative pour ânes en détresse !

— C'est une cause qui en vaut bien d'autres, et tu n'aurais pas dû lire mon relevé bancaire !

— Tu as laissé ton ordinateur ouvert sur mon bureau…

— Pfff ! souffla-t-elle en haussant les épaules avant de se tourner de nouveau vers la fenêtre.

Ils avaient laissé derrière eux le fleuve et la cathédrale lorsque la voiture ralentit. Ils approchaient de la villa Agosti, beau bâtiment classique construit en retrait de la voie et protégé par un mur de pierre. Ils franchirent l'arche qui menait à la cour intérieure et Maya se mit mentalement en condition pour affronter cette nouvelle épreuve : c'était bientôt l'heure de sa présentation officielle…

— Tout va bien se passer, *cara*, tu n'as rien à prouver.

Bien sûr que si ! On lui ferait passer un test, il ne pouvait l'ignorer. Elle allait épouser Samuele Agosti, non seulement le plus bel homme sur Terre, mais aussi une légende vivante… Leur mariage ne suscitait pas que l'intérêt des réseaux sociaux et des magazines people ; de très sérieux journaux financiers y consacraient aussi plusieurs colonnes.

Maya tenta de se focaliser sur les points positifs, l'un de ceux-ci étant que Beatrice ne serait pas là ce soir : elle adorait sa sœur mais redoutait les questions malhabiles qu'elle aurait inévitablement posées.

Les nausées matinales de la pauvre Beatrice avaient empiré, nécessitant repos et perfusions, ce qui lui avait valu une courte hospitalisation. Elle était de retour chez elle à présent, sous la garde vigilante de Dante et de leur mère.

Cette dernière prendrait l'avion pour venir passer quinze jours au *castello*, et ainsi faire la connaissance de Samuele.

Donc, tout ce qui lui restait à faire ce soir était d'affronter la presse qui devait se demander avec curiosité quel grand créateur elle aurait choisi pour son entrée en scène… D'ailleurs, elle n'avait pas encore décidé de sa tenue. C'était peut-être futile de s'interroger sur la robe qu'elle allait porter, parmi toutes les créations qu'elle avait apportées, mais les premières impressions comptaient, et les photos qui seraient prises d'elle seraient diffusées dans le monde entier dès le lendemain. Et puis, le choix de sa robe était l'un des rares sujets sur lesquels elle gardait une forme de contrôle…

Elle étouffa un soupir inquiet. La seule chose qui la retenait de s'enfuir en courant était l'assurance du soutien de Samuele. Sa présence ferait toute la différence.

Maya sortit de voiture et prit une profonde inspiration pour faire le vide dans son esprit. Elle voulait être disponible pour admirer les lieux, de l'espace cloîtré au carré de fontaines dont les jets scintillants retombaient gracieusement dans le bassin central.

Elle renversa légèrement la tête pour observer l'interminable rangée de balcons de fer forgé qui entouraient le bâtiment sur trois côtés. Ce faisant, elle s'exposa au soleil éblouissant et cligna des yeux.

— Vous avez fait bon voyage ?

Maya sourit en reconnaissant la silhouette efflanquée de Diego, le secrétaire privé de Samuele. L'homme était amical et constituait pour le moment, avec Rosa, leur seul comité d'accueil. Il était arrivé avant eux, accompagnant leurs bagages – avec un enfant en bas âge et une soirée habillée au programme, on ne voyageait pas léger… Diego était jeune et toujours souriant : en sa présence, Maya savait qu'elle pouvait se détendre.

— Merci, oui. Et vous-même ?

— Excellent.

Le regard de Diego se porta vers Samuele, qui était au téléphone, le front barré d'un pli soucieux. Il leur tourna rapidement le dos, mais Maya sentait la tension de ses larges épaules. Néanmoins, elle offrit un grand sourire à Rosa, qui avait offert de les aider ce soir et avait dormi chez des parents.

— Bonjour, Rosa ! lança Maya avant d'ouvrir la voiture du côté où dormait Mattio. J'espère que la famille va bien,

Maya allait défaire la ceinture de sécurité du bébé qui commençait à s'agiter, mais Rosa fut plus rapide et dégagea l'enfant de son harnais.

— Voulez-vous que je lui donne son repas ?

— Si ça ne vous ennuie pas…

D'une main experte, Rosa déplia la poussette que Diego avait sortie de voiture et elle y installa Mattio.

— Vous nous trouverez à la nurserie quand vous serez prêts. Prenez tout votre temps.

Maya vit que Samuele avait rempoché son portable ; elle déposa un baiser au sommet de la tête du bébé, rassurée de le savoir en parfaite sécurité avec Rosa. Celle-ci s'y prenait si bien avec lui que Maya en faisait des complexes !

Diego, lui, s'était discrètement retiré. Maya contourna les fontaines pour rejoindre Samuele. Alors qu'elle s'approchait, elle sentit la tension mêlée d'excitation qui émanait de lui : la soirée serait cruciale pour lui, une consécration après toutes ces années à reconstruire l'héritage familial. Il ne s'était pas contenté de le préserver, mais l'avait adapté aux normes du XXIe siècle. Était-il possible qu'en dépit de son apparente décontraction il soit lui aussi inquiet ?

— Bonne nouvelle, lança-t-il en la voyant s'approcher, on a retrouvé les statues manquantes !

— Oh ! c'est formidable !

Elle savait ce que cette nouvelle représentait pour Samuele, un point final symbolique à son travail de reconstitution du patrimoine de sa famille.

Retrouver et racheter les éléments de la collection Agosti avait été le volet le plus ardu de la tâche qu'il s'était imposée. Beaucoup pensaient qu'il n'y parviendrait pas.

La soirée était justement consacrée à la présentation de cette collection, le plus vaste ensemble de statues grecques et romaines entre des mains privées, qui suscitait l'envie de bien des musées. Les statues trônaient à présent dans la villa Agosti, récemment restaurée, et seraient ce soir présentées au monde entier. Il ne manquait à la collection qu'une demi-douzaine de pièces, ce qui était considéré comme miraculeux par la plupart des conservateurs de musée. Pour Samuele, qui n'avait aucune indulgence vis-à-vis de lui-même, c'était synonyme d'échec…

— Mais il faut que j'y aille à l'instant, car un collectionneur russe veut les acheter.

Maya inspira profondément et masqua sa déception derrière ses longs cils.

— Tu dois partir maintenant ? Ne peux-tu pas envoyer Diego ?

Samuele secoua impatiemment la tête.

— Trop important… Mais je serai de retour avant la soirée, répliqua-t-il d'un ton qui se voulait rassurant. Je n'en ai que pour deux heures aller et retour. L'actuelle propriétaire des statues est une originale, moins intéressée par mon offre que par mon signe astrologique… Elle insiste pour me rencontrer en personne, une histoire de planètes, d'après elle…

— Oh… Elle doit être assez… hors du commun, dit Maya sans cacher sa déception. Bien sûr, tu dois y aller en personne… Je comprends.

Tout en parlant, elle s'aperçut qu'elle réagissait comme s'il attendait sa permission. Mais Samuele n'attendait rien du tout : il irait, qu'elle le veuille ou non.

— Donc, c'est d'accord pour toi ?

Son regard disait qu'il était déjà parti… et qu'elle ne comptait pas dans sa décision.

Elle ravala les mots qu'il aurait voulu entendre.

— Et si ça ne me convient pas, cela fera-t-il la moindre différence ? rétorqua-t-elle froidement.

Les lèvres de Samuele prirent un pli contrarié.

— Tu en fais toute une affaire mais ce n'est rien. Je serai de retour avant même que tu ne t'aperçoives de mon absence, et largement à temps pour le discours d'inauguration. Diego s'occupera de toi. Je suis même persuadé que je serai rentré à temps pour la séance photos. Ils veulent des clichés de nous dans la galerie… Ah, voilà Diego qui revient, justement !

Lorsque Samuele mit son jeune assistant au courant des derniers développements, celui-ci ne cacha pas son enthousiasme en acquiesçant au plan de son employeur.

— Fantastique ! Ne vous inquiétez pas, je m'occuperai de tout ici. Maya, ajouta-t-il en se tournant vers elle, demandez-moi ce que vous voulez. Je suis votre homme !

« Non, aurait-elle voulu dire, vous n'êtes pas mon homme et mon homme n'est pas vraiment à moi ! » S'imaginer le contraire serait pure folie. Elle serait souvent confrontée à des moments comme celui-ci, donc elle ferait mieux de s'y habituer. Des moments de frustration, d'intense solitude…

— Tout est réglé, alors ? demanda distraitement Samuele.

Sans répondre, elle se tourna vers Diego, affichant un sourire aussi lumineux que faux, afin de ne pas voir Samuele s'éloigner. Ce qu'il fit sur-le-champ.

Diego la guida pour la visite des lieux, se lançant dans une explication détaillée sur chaque pièce de la villa :

— C'est un art délicat que celui de la restauration. Si on en fait trop, on perd l'authenticité… Et on ne peut pas se le permettre, aussi près des sites historiques de Florence.

Maya le suivit, percevant un mot sur trois de ses envolées enthousiastes. Sachant à quel point la reconstitution de la collection Agosti comptait pour Samuele, elle avait dissimulé son inquiétude au sujet de cette soirée d'inauguration. À présent, l'angoisse la frappait de plein fouet.

11.

Samuele ne s'était pas présenté pas pour la séance photos, et Maya s'était sentie tout petite malgré ses hauts talons à côté des gigantesques statues de marbre. Tache de couleur vive dans cet environnement monochrome, elle portait une robe de soie rouge cerise et d'imposantes boucles d'oreilles dont elle venait de faire l'acquisition. Elle se reconnaissait à peine dans cette tenue sophistiquée…

Pour compléter sa transformation, elle avait, avec l'aide de Rosa, dompté sa chevelure en un chignon élégant. Ses boucles folles étaient miraculeusement restées en place toute la soirée.

De retour dans leur suite, qui occupait le dernier étage de la villa, Maya passa en revue sa prestation : certes, elle n'avait rien dit de particulièrement brillant, mais elle n'avait pas non plus détonné. Les quelques questions portant sur des sujets controversés, elle les avait habilement détournées. Diego l'avait assurée que Samuele serait fier d'elle. Dommage qu'elle n'ait pu lui répondre que ce n'était pas sa fierté qui lui importait, mais bien sa présence… Il lui avait promis d'être là, et il l'avait laissée tomber ! Elle n'avait pas même reçu un texto pour la prévenir de son retard.

— Vous avez réussi à le joindre ? demanda-t-elle à Rosa.

Celle-ci l'avait aidée à se changer pour le discours d'inauguration et ébouriffait les volants de tulle de la robe qui s'épanouissaient en corolle autour de Maya.

Rosa secoua la tête.

— Non, désolée, et Diego n'arrive pas à avoir autre chose que sa boîte vocale.

Maya pinça les lèvres. Quelques minutes plus tôt, ils avaient appris que tout était en place pour le discours et que l'assemblée attendait… Elle avait compris qu'il était très incorrect de faire attendre les personnes de sang royal qui devaient arriver très bientôt. Elle était donc au bord de la panique. Mais pas une panique qui l'aurait poussée à se cacher dans un trou de souris, heureusement. Elle avait plutôt envie de frapper quelqu'un, ou plus exactement, celui qui l'abandonnait en plein marasme, après avoir promis de la soutenir tout du long…

Son père aussi avait jadis promis… d'assister à sa représentation de Noël, mais il n'était pas venu. On avait dit à Maya qu'il ne reviendrait plus, mais elle avait refusé d'y croire. Elle s'était assise à la fenêtre, certaine que sa voiture allait apparaître, puisqu'il l'avait dit. Finalement, elle s'était endormie et on l'avait portée jusqu'à son lit.

Elle avait attendu le lendemain, puis le jour suivant encore. Il n'était jamais réapparu. Jamais elle n'avait oublié ce qu'elle avait ressenti alors, et elle s'était juré de ne plus jamais revivre pareille expérience. Jusqu'à l'irruption de Samuele dans sa vie… Pour l'instant, elle était en colère et c'était bon de s'y abandonner, mais Maya savait qu'au bout du compte sa colère retomberait, et qu'elle se retrouverait seule, encore une fois.

On frappa discrètement et une tête apparut, annonçant d'une voix émue :

— La famille royale est là…

— J'arrive.

Elle savait qu'au regard de l'étiquette elle se devait de les accueillir mais, grâce à son expérience à San Macizo, elle n'était pas effrayée. Ce qui, songea-t-elle, était plutôt ironique, car bien des choses moins importantes la faisaient frémir !

— Rosa, nous n'allons pas l'attendre plus longtemps.

Maya jeta un coup d'œil critique au miroir. Cette robe à frous-frous de tulle la faisait ressembler à une meringue, et décidément, elle ne pouvait pas se présenter comme cela.

— On y va, mais je me change d'abord, précisa-t-elle. Cette robe ne me va pas du tout. On croirait une mariée !

Rosa lui donna un coup de main et, en deux minutes, elle avait revêtu la robe qu'elle avait initialement choisie, avant de douter d'elle-même et de changer d'avis. Cette fois, le miroir lui renvoya l'image d'une Maya plus sûre d'elle-même et plus sexy. À la place du nuage de tulle pâle, elle avait choisi un fourreau écarlate, simple et qui soulignait élégamment ses courbes. Un brillant à lèvres vint mettre en valeur l'ombre à paupières gris fumé qu'elle portait. Si elle en avait eu le temps, elle aurait laissé retomber ses cheveux, mais elle savait bien qu'un retard plus important serait mal interprété, alors elle conserva le chignon classique qui dégageait la ligne gracile de son cou.

Elle apparut en haut de l'escalier, sous la lumière étincelante d'un lustre, et, le cœur battant à toute allure, remarqua les multiples regards qui se levaient vers elle. Pendant un quart de seconde, elle eut envie de relever les pans de sa robe et de s'enfuir à toutes jambes.

Le truc, c'était de se concentrer sur un seul visage parmi la foule. La ruse fonctionna, Maya se calma et put descendre l'escalier sans paniquer. Elle réussit même à esquiver les questions portant sur l'absence de Samuele, sans vraiment donner de réponse claire. Heureusement, personne n'en exigea.

Car elle aurait été bien en peine d'en fournir, songea-t-elle, une bouffée de ressentiment lui nouant la gorge. Il y avait eu trop de mensonges, de faux-fuyants… Si

Samuele tenait à démontrer qu'elle comptait moins dans sa vie que les statues de sa collection, il y était magistralement parvenu !

Elle s'était familiarisée avec la collection et ce travail portait ses fruits : elle put répondre avec pertinence à de nombreuses questions. Il y eut quelques discours préalables, elle fut complimentée… et puis on vint la prévenir que c'était à son tour.

— Pardon ? fit-elle en un murmure affolé à l'adresse de Diego, qui l'avait chaperonnée toute la soirée.

— C'est que… c'était à Samuele de parler, répondit-il avec un regard compatissant. Mais vous n'êtes pas obligée de le remplacer. Je pourrais offrir quelques mots d'excuse…

Elle fut tentée, ô combien, de le laisser faire, puis secoua la tête en signe de dénégation.

— Non, ça ira. Je peux m'en sortir.

— Vous voulez que je vous présente ?

— Oui, ce serait une bonne idée, merci, Diego.

Maya n'avait pas la moindre idée de ce qu'elle allait dire jusqu'à ce qu'elle se retrouve devant le micro.

— Je suis sûre que vous vous demandez tous où est passé Samuele… Eh bien, il en va de même pour moi !

Elle s'arrêta un instant pour laisser aux rires bienvenus le temps de s'éteindre. Parfois, dire la vérité était le plus sûr moyen de se sortir d'une situation délicate. Samuele ne s'expliquait jamais, pourquoi l'aurait-elle fait pour lui ?

— Notre présence ce soir est un hommage à la vision et à la détermination de Samuele, reprit-elle. Non seulement il a préservé cette collection mais il veut la célébrer. Le passé reste vivant dans la mesure où il nous aide à nous tourner vers l'avenir…

Au fil de son discours, elle sentit Diego se détendre : il avait compris qu'il n'aurait pas besoin d'intervenir en catastrophe pour lui sauver la mise. Elle continua sur sa lancée.

L'adrénaline commençait à se dissiper quand elle retrouva l'intimité de sa chambre, après avoir vérifié que tout allait bien pour Mattio. Rosa occupait une chambre contiguë à celle de l'enfant et avait promis de se lever en cas de problème.

Quand Maya fut seule, l'excitation de la soirée retombée, elle se rendit compte de son épuisement. Non seulement elle tenait à peine debout mais elle tremblait de colère.

Elle considéra d'un œil noir les deux flûtes et la bouteille de champagne mise à rafraîchir plus tôt, avant que Samuele n'ait trouvé mieux à faire. Il devait sans doute célébrer ailleurs sa dernière acquisition. Ailleurs, et avec une autre...

Pendant la soirée, elle avait imaginé maintes fois le moment où elle lui jetterait sa bague à la figure et le planterait là. Mais, en se penchant sur le bébé endormi, elle avait compris que ce n'était pas possible. L'ennui, c'était qu'elle avait attirance sensuelle et amour. Quelle idiote !

Elle s'était persuadée que Samuele tenait à elle et que l'intimité partagée entre les draps se prolongeait en dehors de la chambre. Elle avait cru qu'ils formaient un vrai couple.

Eh bien, elle s'était trompée, et son erreur éclatait au grand jour ! Et elle ne pouvait blâmer personne d'autre qu'elle-même. Une simple nounou, au doigt orné d'une bague, voilà tout ce qu'elle était !

Samuele allait se rendre directement à sa chambre lorsqu'il croisa Diego, qui sourcilla en le voyant.

— Que vous est-il arrivé ?

Samuele passa la main dans ses cheveux dégoulinants.

— Je suis tombé dans le fleuve. Pourriez-vous me trouver des vêtements secs, je voudrais me changer avant de…

— Bien sûr ! Et les statues, elles sont enfin à vous ?

— Loin de là, avoua Samuele sans ajouter qu'il avait fait marche arrière à mi-chemin.

À chaque tour de roues, il revoyait le regard de Maya qui trahissait son mal-être. Il avait compris qu'il s'était inventé des prétextes pour partir, afin de masquer sa culpabilité.

Sans conteste, l'acquisition des statues lui permettrait de tirer un trait sur les folies de son père, mais à quel prix ? Bien sûr, il s'était persuadé de pouvoir rentrer à temps. Et s'il n'y arrivait pas, il se disait que ce serait bon pour Maya d'affronter ses peurs. Mais ses peurs à lui, les affrontait-il ? lui avait soufflé une petite voix moqueuse.

Étouffant un juron, il avait fait demi-tour juste avant de rejoindre l'autoroute. Et il avait repris la route de la villa. Il y serait arrivé à temps, si, au moment d'emprunter le pont, il n'avait aperçu un homme perché sur les rails de protection. Samuele avait quitté la voiture et s'était approché. Une petite foule s'était massée, certains filmant la scène, mais personne ne tentait de retenir l'homme.

— Quelqu'un a appelé la police ?

— Oui, et une ambulance aussi.

Les badauds avaient crié au moment où l'homme vacillait. Samuele s'était précipité vers lui.

— N'approchez pas !

Seigneur, il semblait si jeune… Il avait toute sa vie devant lui ! Qu'est-ce qui pouvait le conduire à vouloir l'écourter ?

— Très bien, je reste à distance, avait promis Samuele, mais d'ici, je vous entends mal, donc je vais me rapprocher un peu.

Il avait attrapé une des poutres en fer de la structure pour grimper sur la rambarde où se tenait l'homme, prenant soin de ne pas trop s'approcher.

— Voilà, pas plus. Je m'appelle Samuele. Et vous… ?

— Partez, je sais ce que vous essayez de faire !

Ce qui était plus qu'il ne pouvait en dire, avait alors pensé Samuele avec une mordante ironie. Comment savoir ce qu'il fallait faire pour sauver ce désespéré ? Il s'agissait juste de ne pas rester les bras ballants, en espérant ne pas empirer les choses…

Il espérait calmer l'homme, mais on avait entendu soudain le hurlement d'une sirène de police. L'instant d'avant, l'homme écoutait Samuele lui dire que lui aussi avait perdu quelqu'un qui comptait beaucoup pour lui, et l'instant d'après, il s'était jeté dans le vide… La réaction instinctive de Samuele avait été de sauter dans le fleuve à sa suite.

— Désolé de vous avoir abandonnés, dit-il à l'adresse de Diego en se débarrassant de sa chemise trempée pour passer celle apportée par son assistant. Est-ce que vous avez trouvé mes notes pour le discours ?

— Oui, répondit ce dernier, mais en fait, c'est votre fiancée qui a prononcé le discours, sans aide.

Samuele, qui était en train de se glisser dans un pantalon sec, s'immobilisa un instant et grommela un juron.

— Je dois dire que…

Samuele le fit taire en levant la main.

— Tout va bien, dit-il. Vous n'y êtes pour rien. Je vais gérer.

— Mais…

— C'est bon, Diego, je m'en occupe.

Maya s'était débarrassée de ses hauts talons, mais elle avait gardé sa robe rouge et sa colère la portait toujours, lui faisant oublier sa fatigue. Soudain, la porte s'ouvrit.

Elle savait exactement qui entrait et ne tourna pas la

tête, continuant à remplir sa valise qu'elle ferma à grand-peine. Alors seulement, elle fit volte-face.

— Je suis tellement navré, *cara*.

— Oh ! alors je présume que ça efface tout !

Elle avança vers lui dans un frou-frou de soie rouge si sexy que le sang de Samuele se mit à bouillir.

— Allons, ce n'est pas si grave, dit-il d'une voix rauque.

Soudain il aperçut la valise et son expression changea.

— Mais enfin… où vas-tu ?

— Je change de chambre. Je ne veux plus dormir avec toi.

— *Dios*, Maya, je me doute que ça a dû être difficile ce soir, mais je vais arranger les choses. Donne-moi le temps de passer quelques coups de fil.

— Parce que tu crois que je me suis ridiculisée, c'est cela ? répondit-elle en le foudroyant du regard. C'est toujours agréable de constater la haute opinion que tu as de moi, mais cette fois tu n'auras pas eu besoin de limiter les dégâts : j'ai été brillante et la soirée s'est révélée un succès complet !

— C'est formidable ! Je savais que tu pouvais y arriver.

Elle croisa les bras et le toisa d'un air furieux.

— Il y a deux minutes de cela, tu n'en paraissais pas tellement persuadé ! Tu pensais que je m'étais couverte de honte : ce qui t'importait peu puisque tu n'es qu'un égoïste qui n'a aucune considération pour autrui !

— Écoute, je suis désolé… Je n'aurais pas dû te laisser, ni en passer par les lubies de la propriétaire des statues.

— Facile à dire avec le recul, ironisa Maya. En fait, tu m'as rendu service : je vois les choses pour ce qu'elles sont à présent, et s'il n'y avait pas Mattio, je te quitterais sur-le-champ. Mais il a besoin de moi et je ne l'abandonnerai pas. Je t'épouserai, comme prévu, même si c'est une aberration, mais je refuse de continuer à partager mon lit avec toi. Après tout, tu te soucies plus de quelques morceaux de vieux marbre que de tenir tes promesses envers moi !

Elle pressa les poings sur ses yeux.

— Et je ne pleurerai pas à cause de toi ! lança-t-elle.

— Oh ! *cara*…

Elle rouvrit des yeux noirs de fureur.

— Ne me donne pas du « *cara* » ! rétorqua-t-elle. C'est moi qui dicte les règles à présent. Tu as tout gâché, Samuele !

— Je regrette, Maya. Écoute-moi, au moins…

Avec une frustration proche du désespoir, il dévora des yeux le visage de Maya aux contours si délicats.

— Tu crois vraiment que quelques vagues excuses suffiront pour te faire pardonner ? Ah, et pendant que j'y suis, je veux changer les termes de notre contrat. Le mariage libre que tu suggérais, tu te souviens ? Eh bien, c'est une excellente idée !

Le cerveau de Samuele mit quelques instants à intégrer ce qu'elle venait de dire mais, quand ce fut fait, il pâlit subitement et tangua.

— Un mariage *libre* ?

Sa femme, avec un autre ? Sa Maya, son épouse, touchée par un autre qui lui faisait l'amour ? Les images qui l'assaillaient soudain étaient comme autant de coups de poignard en plein cœur.

— Il n'en est pas question ! gronda-t-il sauvagement.

Le besoin urgent de la toucher le fit s'avancer, mais elle le cloua sur place en lui jetant d'une voix sifflante :

— C'était ton idée, au départ, je te le rappelle ! Et contrairement à la plupart de tes autres idées, je trouve celle-ci excellente !

— Ce n'est pas possible, protesta-t-il. Pas toi…

— Si ! Je te déteste !

— Laisse-moi t'expliquer…

Il s'arrêta car ses paroles se perdaient dans les cris aigus en provenance de la nurserie voisine.

— Regarde ce que tu as fait ! l'accusa Maya en poussant la porte.

Samuele sur les talons, elle entra : le bébé hurlait à pleins poumons, et Rosa, Mattio dans les bras, semblait perdue. Elle tendit l'enfant à Maya avec un regard de gratitude.

Samuele poussa un soupir frustré.

— Nous reparlerons de tout ça demain matin…

Le lendemain, la première chose que fit Maya après avoir appliqué des compresses sur ses yeux gonflés par les pleurs fut de vérifier son téléphone portable : la soirée avait-elle été le succès dont elle s'était vantée ? Elle entra « Agosti » sur le moteur de recherche : la soirée figurait bien dans les résultats, mais elle venait après un article dont le titre était :

« Sauvé de la noyade par un banquier italien ! »

Une vidéo, déjà virale, accompagnait l'article et elle cliqua dessus. Elle n'eut pas besoin de la terminer pour se précipiter dans le salon où Samuele, sur un canapé, avait la tête d'un homme qui n'avait pas fermé l'œil de la nuit.

Elle le dévisagea d'un air égaré.

— Pourquoi ne m'as-tu rien dit ?

— J'attendais que tu te réveilles.

— Tu as sauté d'un pont ! gémit-elle en agitant le téléphone dans sa direction alors que la vidéo défilait toujours.

— Je n'avais pas le choix, *cara*.

— Si, celui de ne pas sauter !

Le cerveau de Maya, un moment paralysé par la panique, se remettait en route. Elle aurait pu perdre Samuele !

— C'est pour cela que tu n'étais pas là à l'heure ? reprit-elle d'une voix altérée. Pourquoi ne m'as-tu pas prévenue ?

S'il lui était resté des larmes, elle aurait pleuré à la pensée de tout ce qu'elle lui avait dit la veille…

— Mon téléphone était au fond du fleuve et il m'a fallu du temps pour convaincre le personnel de l'hôpital que je n'avais pas l'intention, moi, de me suicider en sautant…

— Et… l'homme… est-ce qu'il… ?

— Il s'en est sorti, indemne. Mais furieux que je l'aie sauvé malgré lui !

Maya savait qu'elle ne pouvait rien retirer de ses paroles de la veille. La seule façon de s'expliquer était d'avouer à Samuele que, si elle avait réagi si violemment, c'était qu'elle l'aimait… Finalement, ce serait un soulagement de l'avouer, songea-t-elle. Ce serait aussi faire une croix sur tout espoir d'être un jour pour lui autre chose que la mère de Mattio… Mais son aveu ne ferait que devancer l'inéluctable. Elle n'aurait pu cacher ses sentiments bien longtemps.

Il s'était approché d'elle et déjà, enveloppée par sa chaleur, elle sentait sa résolution s'effriter.

— Tu étais en route pour acquérir les statues lorsque… ?

Elle s'en voulut de repousser le moment de vérité.

— En vérité, je ne suis jamais parvenu à destination.

— Je ne comprends pas, murmura-t-elle, perplexe.

— J'ai fait demi-tour, car je pensais que tu aurais besoin de moi. En fait, non, tu as été formidable et je suis très fier de toi. Je me suis conduit comme un imbécile, *cara*, dit-il en prenant le visage de Maya entre ses mains. Même en faisant demi-tour pour te rejoindre, j'étais incapable de m'avouer à quel point je t'aime… J'étais trop faible, trop effrayé pour écouter mon cœur. Quand tu as dit que tu voulais un mariage libre, j'étais dévasté. Et quand j'ai vu ma vie sans toi à mes côtés chaque nuit, elle m'apparaissait comme un désert… Je sais que tu portes ma bague, mais je ne t'ai jamais vraiment demandée en mariage. Alors, Maya, veux-tu accepter d'être ma femme, si je te promets de faire de mon mieux pour devenir le mari que tu mérites ? Mais d'abord, arrête de pleurer, *cara*, parce que ça me brise le cœur !

Maya essuya ses pleurs.

— Samuele, je t'aime tant que cela fait mal !

Elle ne put continuer car il l'embrassa sauvagement, et elle lui rendit son baiser de toute son âme.

— Je t'aime, murmura-t-il quand leurs lèvres se séparèrent. Est-ce que je ne te l'ai pas déjà dit ?

Elle prit la main de Samuele et la porta à ses lèvres.

— Je ne me lasserai jamais de l'entendre…

— Ni moi de le dire… Comment va Mattio ? Il pleurait hier.

— Juste une petite colique, rien de grave. Je l'ai vite calmé.

— Tu seras une mère parfaite… Seigneur, Cristiano aurait fait un père merveilleux ! Moi, la moitié du temps, j'en doute.

— Tu es un excellent père, Samuele. Personne ne pourra aimer Mattio plus que toi. Si seulement Violetta…

— Ne t'en inquiète pas, quand elle a appris que nous allions nous marier et demander la garde de l'enfant, elle a compris qu'elle ne pourrait jamais gagner. Donc, elle a décidé de se contenter de ce que je lui offrais. Tout le monde a un prix…

— Le sien devait être élevé.

— L'argent n'a aucune importance, ce qui compte, c'est qu'elle ait accepté que nous adoptions Mattio, qui sera notre fils, et héritera de nous au même titre que nos autres enfants.

— Parce que nous allons avoir d'autres enfants ?

— Cette idée te plaît ?

Elle hocha la tête en souriant à travers ses larmes.

— Et je les aimerai de tout mon cœur. S'ils ressemblent à leur père, il ne pourra pas en être autrement…

Épilogue

Maya s'étira langoureusement sur les tapis moelleux étendus sous le dôme de l'observatoire.

— Je me demandais ce que ça ferait, l'amour sous les étoiles…

— Et maintenant tu le sais, répondit Samuele en souriant. J'ai commandé la pluie de météores spécialement pour toi !

— Tu crois que ton grand-père l'a fait aussi ?

— Quoi, l'amour sous les étoiles avant de se marier ?

— Oui, j'aime bien l'idée d'une continuité, le taquina Maya.

— Dans ce cas, il me vient à l'idée une autre forme de continuité : nous pourrions revenir faire l'amour ici à chacun de nos anniversaires de mariage, même si je ne peux garantir une pluie de météorites à chaque fois !

Samuele l'embrassa longuement et, quand il redressa la tête, Maya lui fit remarquer avec un doux sourire :

— Dans six heures et vingt-quatre minutes, je serai ta femme…

Samuele aurait voulu un mariage rapide, mais Maya avait insisté pour repousser la date : elle voulait que sa famille soit présente, ce qui signifiait attendre que les nausées de Beatrice se calment assez pour qu'elle puisse voyager. Mais l'occasion n'aurait pu être plus parfaite : dans la matinée, ils avaient signé les papiers qui faisaient d'eux les parents de Mattio.

— Tu veux vraiment de moi pour femme ? reprit-elle. Tu ne vas pas te raviser ?

— Viens voir par là, que je te prouve à quel point je ne compte pas me raviser ! souffla Samuele, séducteur.

— Tu n'as que six heures vingt-trois minutes devant toi…

Il sourit largement.

— Six heures feront très bien l'affaire !

Vous avez aimé *L'épouse de papier* ?
Retrouvez en numérique l'histoire de Beatrice,
la sœur de Maya, dans *Des adieux au prince* :

1. *Des adieux au prince*
2. *L'épouse de papier*

Deux romans signés Kim Lawrence !

Retrouvez prochainement,
dans votre collection

AZUR

L'assistante d'un Grec, de Carol Marinelli - N°4488

Être l'assistante de Galen Pallas durant six semaines ? Pour Roula, la proposition est d'autant plus tentante qu'elle admire l'homme d'affaires. Parti de rien, le génie de la high-tech a bâti un empire ! Seulement, même si tous deux ont grandi sur l'île grecque d'Anapliro, ils n'ont rien en commun. Sauront-ils marier leurs caractères pour collaborer comme il se doit, et surtout faire taire le désir qui brûle entre eux ?

Une innocente sous les projecteurs, de Melanie Milburne - N°4489

Jamais Elizabeth n'aurait dû accepter de se faire passer pour sa jumelle le temps d'un week-end dans le château de Crannochbrae, en Écosse. Qui croirait un seul instant qu'elle est une mannequin lingerie, elle, la timide bibliothécaire ? Face à Mack McDiarmid, le maître des lieux, elle se sent mise à nu. Aurait-il compris d'un seul regard qu'elle n'est pas celle qu'elle prétend ? Alors qu'elle devrait garder ses distances avec lui, Elizabeth se surprend à défier cet homme qui lui témoigne sa méfiance…

L'escapade d'une princesse, d'Annie West - N°4490

Un pion sur l'échiquier de la dynastie, voilà ce qu'est la princesse Ilsa d'Altbourg. Depuis toujours, elle accomplit son devoir royal, assume son rôle d'ambassadrice, dans l'intérêt de son pays et de ses sujets – mais sans jamais penser à elle. Or aujourd'hui elle a besoin d'échapper à ses responsabilités pour vivre, tout simplement. Aussi, quand Noah Carson, l'irrésistible milliardaire qu'elle vient de rencontrer, lui propose une croisière en sa compagnie accepte-t-elle de le suivre pour ce voyage sur les rives du désir…

La proposition d'un Irlandais, de Heidi Rice - N°4491

Embauchée par Conall O'Riordan pour organiser le mariage de sa sœur, Katherine écoute avec stupeur ses exigences. Et dire que durant leur séjour en tête à tête au château de Kildaragh, où aura lieu la réception, elle devra supporter cet homme tyrannique ! Résolue à ne pas se laisser distraire par son physique d'apollon et son aura de virilité, Katie fait son possible pour garder la raison et le contrôle de ses émotions. Car, elle le sait, on ne mélange jamais travail et plaisir…

Une tendre confession, de Julia James - N°4492

Enceinte. La nouvelle est un choc pour Alys, car le bébé qui grandit en elle est celui du sublime inconnu dans les bras duquel elle s'est abandonnée un soir de solitude… Sitôt qu'elle révèle par courrier son état à Nikos Drakis, celui-ci exige qu'elle l'accompagne dans sa villa grecque. Et sur place Alys doit se rendre à l'évidence : l'homme qui lui a fait perdre la tête l'attire toujours autant, même s'il ne lui cache pas son hostilité et son ambition de réclamer son héritier !

L'épouse de Jin Zhang, d'Andrea Bolter - N°4493

Créatrice de mode en herbe, Mimi aime depuis toujours Jin Zhang, le meilleur ami de son frère. Lorsque ce dernier a besoin de son aide pour sauver le label Haute couture de sa famille, il offre soudain à Mimi tout ce dont elle rêve : un travail *et* la chance d'être son épouse ! Si elle accepte avec bonheur cette union de convenance, Mimi ne peut s'empêcher d'espérer qu'elle évolue vers un mariage d'amour…

L'héritier d'Apollo Drakos,
de Jennifer Faye - N°4494

Par amour, Popi a accepté d'être mère porteuse pour sa sœur et son beau-frère. Hélas, quand les futurs parents disparaissent subitement, elle se voit obligée d'élever le bébé seule. En tout cas, c'est ce qu'elle croit jusqu'à ce qu'Apollo Drakos, l'oncle de l'enfant, vienne sur l'île de l'Éternité lui réclamer sa garde ! Malgré leur désaccord et pour le bien du bébé, tous deux tentent de s'entendre, tout en ignorant l'attirance qui grandit entre eux et qui pourrait mettre à mal ce fragile équilibre…

La tentation du Costa Rica, de Pippa Roscoe - N°4495

SÉRIE : *PRÉCIEUX HÉRITAGE* - 1/3

Pour hériter de la propriété familiale, Skye Soames doit retrouver… des diamants disparus ! Un défi qui la mène bientôt chez le milliardaire Benoît Chalendar, installé dans la forêt tropicale du Costa Rica. Celui-ci accepte de l'aider dans sa quête, mais à la condition qu'elle l'épouse ! Auprès de lui, Skye découvre une faune exceptionnelle, des cascades – l'aventure ! Et aussi le frisson du désir…

La brûlure d'une vengeance,
d'Abby Green - N°4496

SÉRIE : *NUITS D'ÉTÉ* - 2/2

Zachary Temple n'a pas oublié les grands yeux bleus d'Ashling Doyle, ni la façon dont elle a tenté de ruiner sa carrière. Quatre ans plus tôt, sans même le connaître, elle l'a humilié publiquement en se faisant passer pour l'une de ses conquêtes ! Aujourd'hui que le hasard l'a remise sur son chemin, il n'a qu'une envie : se venger d'elle. Mais l'attrait puissant qu'il éprouve pour Ashling l'invite à se demander s'il ne pourrait pas d'abord la mettre dans son lit...

Dans le lit d'un roi, de Maya Blake - N°4497

Voilà un an que le roi Lucca est hanté par la douce Delphine, qui a subitement disparu de sa vie et de son lit. Maintenant qu'il est parvenu à la retrouver, il espère la convaincre d'adhérer à son plan. Afin de faire oublier le scandale qui entoure la famille de Lucca, tous deux devront jouer ensemble la comédie de l'amour devant les médias avides de romance ! Et qui sait, en se rapprochant de Delphine, Lucca découvrira peut-être enfin la raison pour laquelle elle est partie...

Le serment d'un été,
de Catherine George - N°4498

Devant la loi, Alicia est toujours l'épouse de Francesco da Luca. Et dans son cœur aussi... Toutefois, elle sait à quoi s'en tenir : le bel Italien qui l'a envoûtée, huit ans plus tôt, n'existe plus. Il a été remplacé par un homme froid et arrogant qui l'a méprisée tout au long de leur vie commune, avant qu'elle décide de s'enfuir. Un homme qui lui demande, aujourd'hui, de revenir à Montedaluca pour régler une question d'héritage. Cette perspective glace Alicia, mais n'est-il pas temps, enfin, de faire une croix sur le passé et de rayer de sa mémoire le seul homme qu'elle ait jamais aimé ?